Xita Rubert

Meus dias com os Kopp

Tradução

Elisa Menezes

MIS DÍAS CON LOS KOPP by Xita Rubert
Copyright © 2022 by Xita Rubert

Através de um acordo entre The Ella Sher Literary Agency e Villas-Boas & Moss Agência Literária

1ª edição

TRADUÇÃO
Elisa Menezes

PREPARAÇÃO
Débora Donadel

REVISÃO
Pamela P. Cabral da Silva
Vitor Jasper

ASSISTENTE EDITORIAL
Gabriela Mekhitarian

DIAGRAMAÇÃO
Letícia Pestana

CAPA
Beatriz Dorea
Isabela Vdd

Impresso no Brasil/*Printed in Brazil*

Todos os direitos reservados à DBA Editora.
Alameda Franca, 1185, cj 31
01422-001 — São Paulo — SP
www.dbaeditora.com.br

Dados Internacionais de Catalogação na Publicação (CIP)
(Câmara Brasileira do Livro, SP, Brasil)

Rubert, Xita

Meus dias com os Kopp / Xita Rubert ;
tradução Elisa Menezes. -- 1. ed. -- São Paulo : DBA Editora, 2022.

Título original: Mis días con los Kopp

ISBN 978-65-5826-053-0

1. Ficção catalã I. Título.

CDD-849.93 22-132378

Índices para catálogo sistemático:
1. Ficção : Literatura catalã 849.93

Cibele Maria Dias - Bibliotecária - CRB-8/9427

I

Tínhamos chegado um pouco tarde, mas lá estavam eles nos esperando, Sonya e Andrew Kopp, plantados na porta do hotel. Pareciam mortos de frio, ela envolvia a barriga com os dois braços, aquecendo-se sob o casaco, tendo presumido, penso eu, que mesmo no norte a península seria caribenha, e não azul, roxa, britânica como ela mesma, como Sonya Kopp, digo.

O sol tinha se posto havia pouco, eu o vira desaparecer da janela do avião. Não era muito tarde, mas era fevereiro, a escuridão e a neblina cúmplices, dissuasivas, e os postes não iluminavam os rostos dos Kopp. Apenas a careca ovalada dele. Os cabelos pálidos e curtos dela. A luz se refletia no branco, em nada mais.

Ainda assim, eu vi. Vi o jeito como Sonya registrou a minha presença quando descemos do táxi e andamos até eles. Ela me olhou sem me reconhecer completamente, como se o contorno da minha figura não estivesse bem definido, ou meu corpo fosse translúcido e fantasmal, ou talvez eu inteira fosse *dispensável* à sua seleta atenção naquele momento, àquela hora, as nuvens já baixas, as luzes enfocando apenas o branco. Andrew atravessou o cinza e avançou sobre mim. Me abraçou. Enquanto isso Sonya recebeu dois beijos de meu pai, meio por obrigação: aquela era uma saudação tátil demais para ela. Durante aqueles dias ela pareceu se sentir obrigada a tudo, até mesmo a pousar os olhos em alguém quando falava com a pessoa, a tolerar a mera presença de outros seres. Eu me pergunto o que ela teria feito por si mesma, à vontade, sem cara de cerimônia ou de desconforto supremo. O que ela fazia quando estava sozinha, sem Andrew, ou em dias claros de verão, quando a vida de uma pessoa está à vista de todos. Nunca a vi sozinha, ou em outra estação que não fosse o inverno, e isso foi parte do problema.

Essas primeiras lembranças não devem dar a impressão errada: eu não sentia hostilidade em relação a Sonya. Pelo contrário, sua atitude blasé me fazia admirá-la, porque meu pai havia me educado — adestrado — para *ser sempre gentil*: com os desconhecidos, com os seres estranhos e fantasmagóricos que me não causavam boa impressão, com os valentões. Além disso, Sonya estava certa em não se dignar a abraçar meu pai, em mal tocar suas bochechas ao beijá-lo: eu não conseguia me lembrar da última vez que ele tinha tomado banho. Ele se recusara a fazer isso antes de irmos para o aeroporto, alegando, como sempre, que o banho não era bom para a camada protetora da epiderme.

Eu disse a ele que a epiderme *era* a camada protetora, externa, da pele. Não recebi resposta. Vi em seus olhos que ele sentia pena de mim por ter esse hábito: tomar banho. De Madri, limpa e sujo, tínhamos viajado para o norte da Espanha — até a cidade que não nomearei — para encontrarmos os Kopp.

— Sonya, querida, esta é Virginia. Filha de Juan. Finalmente vocês estão se conhecendo.

— Virginia — repetiu Sonya, com a cadência de Andrew, recusando-se a incluir meu nome em seu repertório de palavras espanholas. — Que alegria, olá.

Sonya não me olhava nos olhos porque estava examinando meu cabelo, minha camisa levemente decotada, o jeans boca de sino que apertava a minha cintura, meus quadris tinham crescido visivelmente, embora eu continuasse enfiando-os em roupas que não eram mais do meu tamanho. Eu tinha dezessete anos, e todas as minhas amigas do colégio faziam o mesmo, continuavam vestindo as roupas de quando tínhamos quinze. Mais tarde, naquela mesma noite, fiquei pensando no significado daquela investigação indiscriminada da minha roupa, se minutos antes Sonya havia alegremente ignorado a minha presença. Quando ela me observou, o fez como se eu toda fosse um erro, não apenas uma adolescente vestida de forma inadequada e desconfortável para viajar. Como se eu pudesse provocar uma catástrofe, ou como se minha própria existência — da qual sem dúvida ela já tinha conhecimento, embora fingisse o contrário — fosse um grande perigo.

Um perigo para quem? Sonya, às vezes acho que escrevo só para você, em vez de *sobre* você ou *a respeito* do que aconteceu durante meus dias com vocês, os Kopp. Até modifiquei seu sobrenome, não para que ninguém os encontre, mas para me livrar, e em vão, de imagens contraditórias e sentimentos conflitantes. Vou lembrar — modificar — para sempre o que aconteceu. Em parte para me punir, e em parte porque não tenho interesse na verdade: desejar a verdade seria assumir a derrota, lembrar que lutei, perdi e fingi não notar. Nem a verdade nem a lembrança. Gostaria apenas de encontrar você. E, como faria seu filho escultor, cobri-la de gesso. O resto se moverá e avançará como personagens em vez de esculturas, mas eu preferirei você: branca, imóvel e hostil.

Até então, eu só havia notado a hostilidade de Sonya — hostilidade disfarçada de seriedade madura, de impassibilidade senil — em alguns *homens*. Homens para quem uma palavra minha, um movimento ou uma decisão teriam consequências irreversíveis, agonias e sofrimentos que eu, adolescente e escorregadia, não conseguiria ver, apesar de os ter "provocado". Como se cada homem não fosse responsável por onde deposita suas esperanças, a que ser frívolo e infantil entrega seu coração, que projeções e imagens abriga, esconde, e então, quando o acontecimento ou a amante imaginada acaba por não existir, tivesse o direito de culpar — de punir — alguém além de si mesmo. Como se os sonhos, e as crianças, fossem culpados por nos abraçar por um segundo e sair correndo.

Talvez o próprio Andrew Kopp fosse um desses homens. Com apenas dezessete anos, como disse, eu já me via obrigada a classificar os homens adultos em subtipos genéticos, espécie mais digna de investigar do que de tocar; manipulá-los, sim, era possível, porque é possível fazer isso de longe, com a mente, com o olhar que finge ser inocente, finge não saber, finge ser branco. Quase todos os amigos do meu pai, para falar a verdade, eram "desses homens". Com seus olhos minúsculos, afundados entre dobras e pálpebras, escondidos atrás de óculos ainda mais microscópicos, Andrew me olhava genuinamente maravilhado, como se eu fosse o espécime, ou esperasse dar de cara com a criança de dez anos que ele tinha visto pela última vez em Madri, ou como se o desenvolvimento físico da espécie humana — da *mulher* humana — fosse algo inusitado: milagroso e, como todo milagre, insuportável. Ele fez algum comentário sobre a minha "aparência surpreendente", embora eu não lembre qual, devo ter sentido tanta vergonha que bloqueei o significado. Sonya deu uns tapinhas nervosos nas costas dele, rindo, e pediu que soltasse "a pobre menina".

— Estou dizendo que ela *não é mais* uma menina! Olha para ela!

A insistência de Andrew era um pouco ridícula e papai, como eu, ria do ridículo. Além disso, senti alegria. Uma recepção efusiva no meio do beco deserto, frio: os contrastes inesperados também nos faziam rir. E embora seja verdade que meu pai tinha vários amigos pervertidos — sobretudo os acadêmicos "humanistas" e os médicos em missões "humanitárias" —, Andrew não era exatamente um deles, e seria injusto sugerir isso. Andrew era uma mistura de várias coisas e, como tal, seu comportamento era estranho e imprevisível, mas também inofensivo. Ele era descendente de austríacos, nascido e criado por algum motivo — seu pai era diplomata, pelo que eu me lembro, mas talvez seja uma lembrança inventada — no Egito. Ele era um cavalheiro extravagante e, radicado há anos na Inglaterra, mais inglês do que os próprios ingleses. Ou melhor, Andrew tinha todas as qualidades dos britânicos mas sem os modos vitorianos que os tornam seres convencionais, reprimidos. Sonya, obviamente, era inglesa, embora não confirmasse nenhum desses preconceitos. Ela era, também obviamente, judia.

Depois de uma rápida conversa no saguão do hotel, tanto os Kopp quanto nós nos retiramos. O encontro com Sonya tinha me deixado desconfortável, e não conseguia expulsar de mim seus cabelos curtos, seus olhos igualmente pálidos. Uma vez instalados no quarto, perguntei a meu pai sobre os Kopp, esperando que ele falasse dela. Mas ele falou de Andrew, e eu não quis insistir.

— Nós nos conhecemos quando eu trabalhava em Viena, você ainda não era nascida, e eu nem conhecia a sua mãe. O fato é que na época Andrew também dava aulas na universidade. Estou falando do final dos anos oitenta ou início dos noventa. Andrew não suportava seus colegas de departamento e, como você pode imaginar, eu também não conseguia me encaixar no meu. Não nos conhecemos nos corredores da universidade, mas em um café fora do campus aonde íamos para trabalhar, porque evitávamos nossos respectivos escritórios. O café estava cheio de colegiais comendo *schnitzel*, e então estávamos ele e eu. Ainda me lembro do som do martelo batendo nos bifes, vindo da cozinha, *pam, pam, pam*. E de como preferíamos a companhia de garotos de treze, quatorze, quinze anos, tão diferentes dos alunos pretensiosos das nossas turmas, e de nossos colegas dinossauros. Como diz o poema de Guillén: "No céu, as estrelas/ Ao meu redor, os colegas". Aquele café era nosso refúgio dos colegas, e nos divertimos muito juntos. E não vou negar que as jovenzinhas austríacas eram algo que valia a pena olhar por horas a fio, inspiração sensual...

Ele me olhou sem vergonha, os olhos abertos, a boca amiga hesitando entre rir ou não. Fui a primeira a rir. Eu gostava daquele jeito de encapsular ideias em versos, em vez de explicações longas e racionais. De cometer uma gafe, às vezes. De nem sempre dizer o correto, o moral, mas o que é imediato: o que se sente sem censura. Eu compartilhava com ele sua alegria impudica. Sempre me divertia com ele, e por isso o havia acompanhado até a entrega de não sei que distinção acadêmica concedida a Andrew Kopp na Espanha. Frequentemente ele pedia que o acompanhasse a esta ou aquela cerimônia, peça de teatro, entrega de alguma coisa, ainda que o evento fosse de interesse duvidoso. Ele sempre encontrava amigos nessas ocasiões, mas, depois de nos submetermos à dança social de cumprimentos inesperados e olhares afetuosos, ele e eu terminávamos sozinhos, sentados em algum canto, evitando os grupos que se formavam e se regeneravam à medida que a noite avançava. Sei que às vezes ele me usava para não acabar em um círculo de "colegas"; que ele até gostava que pensassem que eu era sua namorada muito jovem quando meu corpo começou a se desenvolver; mas tenho certeza de que nada de inusitado ou estranho importa, tenho o poder de desculpá-lo, de me divertir em dobro ao recordá-lo. Apesar de tudo que veio depois — quando a doença agravou a estranheza, o inusitado da minha vida com ele —, sempre soube que meu pai me amava como um oceano ama, não um mar, ondas sem costa; que ele gostava de mim tanto quanto eu gostava dele; que seu jeito atrapalhado, e depois doente, não apagava, não invalidava a pureza da nossa amizade. A um amigo se perdoa que não nos ensine a nadar, se ele for barco. Barco afundado, que ri mesmo com a boca cheia de água.

 Ficamos vendo televisão até tarde. Brincamos de mudar de canal para rever todos os noticiários noturnos e pontuar de um a dez o figurino das apresentadoras. Ainda me lembro de suas notas, seus comentários entre feministas e grosseiros, o elogio e a ofensa eram, em sua boca, uma mesma frase. Não sei quem adormeceu primeiro, provavelmente eu.

De manhã a televisão ainda estava ligada, mas num canal de uma rádio local, sem imagens, confirmando que ele tinha ficado acordado — e depois dormido — zapeando. Quando entendi que estava na cama de um hotel, e não na casa de Madri, percebi que o barulho mecânico de algumas sirenes tinha me acordado. Elas vinham do canal de rádio, mas também, se eu apurasse o ouvido, o *inhó-inhó-inhó* ressoava da janela, como um eco da rua. Me sentei devagar, tentando não acordar meu pai. Fui até a televisão e coloquei o volume no mínimo. Aparentemente, tinha acontecido um acidente bem na esquina do nosso hotel com a avenida principal. O único envolvido e afetado era "um homem de habilidades mentais reduzidas". Ele tinha ficado preso entre dois carros estacionados a poucos centímetros um do outro e, de acordo com declarações do próprio homem, estava "preso ali a manhã inteira".

— Além disso, o homem afirma que ninguém tentou atropelá-lo, que ele é "artífice e vítima de seu próprio acidente".

Essa descrição — que, dada a hesitação, a locutora da rádio pareceu ler sem esconder sua surpresa — tinha mais a lógica irreal dos sonhos do que a das coisas e dos seres acordados. Eu me levantei, fui até a janela, puxei a cortina grossa e fez-se luz em nosso quarto. Olhei para o rosto de meu pai: o sol iluminava os vincos e pregas de sua pele. Mas não havia luz do sol ou barulho de sirenes que o despertassem: subi as persianas e escancarei a janela.

Mal dava para ver a esquina da rua, só se eu colocasse o tronco inteiro para fora e me arriscasse a cair, a me tornar *artífice e vítima de meu próprio acidente*: essa expressão, a ideia em si, permanece comigo até hoje. Na ponta dos pés, esticando ao máximo o pescoço e bem agarrada ao parapeito da janela, fiquei de olho nas pessoas que andavam pela área. Vi, entre outros curiosos, os corpos longilíneos e elegantes de Andrew e Sonya Kopp. Lentos, sem direção. Sonya usava um robe cor-de-rosa, as pernas à mostra, e calçava as mesmas botas de couro pretas da noite anterior. Andrew parecia um peru tonto, uma mariposa desorientada, embrulhado como estava no roupão do hotel: em um dos bolsos via-se o *C* dourado que também enfeitava a fachada do edifício. O que Andrew e Sonya estavam fazendo ali, entre transeuntes enxeridos, policiais municipais e — me pareceu — uma equipe médica? Estes últimos tentavam convencer o homem aparentemente atropelado a entrar no hotel, ou na ambulância, para fazer algum tipo de check-up. Eu não conseguia ver o sujeito em questão, as pessoas que tentavam falar com ele o encobriam, e eu não podia me debruçar mais para ganhar perspectiva.

Sonya era doutora, lembrei. Não em filosofia ou história — como meu pai e Andrew —, mas médica de verdade. Ela devia ter ouvido o barulho do lado de fora e saído, com seu marido, para oferecer ajuda. Fiquei à espera, observando a cena. E notei que, na verdade, os Kopp estavam gradativamente se afastando do burburinho. Vi o desespero, até o horror no rosto de Sonya: não digo *confusão* porque ela não parecia confusa. Sua expressão era a de quem sabe exatamente o que está acontecendo e, ainda assim, não consegue agir. Sua máscara ainda era de frieza, mas em sua postura havia uma luta para controlar a paixão diante dos acontecimentos, embora, a princípio, fossem alheios a ela. Quis acordar meu pai para que ele me ajudasse a entender — se eu abstrair a história e olhar para esta frase, posso dizer que ela resume toda a minha infância —, mas ele só dormia à noite com altas doses de Orfidal, por isso quando ele finalmente acordava, ainda ficava grogue por uma hora: ele não funcionava até o meio-dia. Antes de decidir entre uma coisa ou outra, ouvi a gargalhada insana do homem: ele permanecia imóvel entre os dois carros, embora pudesse sair daquele encaixe sem obstáculos, se quisesse, se colaborasse consigo mesmo e com o serviço de emergência. Eu só o vi de costas, mas os gritos estavam sendo emitidos por aquele corpo transtornado e caprichoso, não havia dúvida. Andrew disse algo para Sonya e voltou para dentro do hotel. Ela ficou parada no lugar, de costas para a aglomeração. Acho que foi um instinto, mais do que uma intenção específica: me armei de sapatos e casaco por cima do pijama e saí do quarto. Desci as escadas correndo.

— Virginia!

Era a voz de Andrew. Parei no primeiro degrau. Ele tinha acabado de chegar de elevador ao nosso andar.

— Virginia, ele está acordado, o seu pai?

Fiz que não com a cabeça, e Andrew ficou pensando por alguns segundos, sem tirar os olhos de mim, como se não o incomodasse prestar atenção a um objeto externo quando se requer concentração interna; como se, um dia depois, meu físico ainda o impressionasse e o paralisasse. Ou como se ele, realmente, não soubesse como agir e *eu*, o objeto externo, pudesse ter a resposta.

— Ei, o que está acontecendo lá fora? — perguntei, porque ele permanecia em silêncio.

— É o Bertrand. Você já o viu, não? O coitado está dando um de seus shows — disse ele, e eu não entendi. Ele me fez entrar no elevador, apertou o botão do térreo. — Sei muito bem que seu pai é um zumbi de manhã. Melhor deixá-lo acordar sozinho. Se você soubesse as noites e as manhãs que passei com Juan em Viena, e em...

O tom anedótico e mundano de Andrew contrastava de um jeito um tanto grotesco com a cara de Sonya: ela estava nos esperando no andar de baixo, angustiada, assim que as portas do elevador se abriram. Diante de seu rosto mortificado, a alegria implacável, que eu acreditava ser a maior qualidade humana e que sem dúvida era personificada por seres como Andrew e meu pai, era um grande deboche. Desconsideração, perversidade pura diante da expressão sofrida de seres como Sonya.

— E Juan?

Sonya estava se dirigindo a Andrew. Seus braços estavam estendidos e as duas mãos abertas, suspensas. Antes de responder, Andrew fez um gesto respeitoso para que eu saísse primeiro do elevador.

— Digamos que Juan não é muito funcional de manhã — disse ele, piscando para mim, de lado. — Mas Virginia se parece muito com o pai. Se nós a levarmos até ele..., se a apresentarmos a Bertrand, talvez surta algum efeito.

Quem era Bertrand e por que eles o relacionavam a mim e a meu pai, não me ocorreu perguntar. Tampouco tive tempo de me espantar com isso: de repente Sonya parecia não me odiar, e agora me via como um instrumento formidável e útil, em vez de uma adolescente desnecessária.

Fomos para fora e ainda era fevereiro. Mas o vento frio, cortante, não congelava como na madrugada anterior. Sonya e eu seguimos Andrew, ele ia na frente, careca, liso, etéreo como uma bola saltitante. Tive a impressão de ver Sonya examinado meus pés seminus, julgando meus chinelos. Mas ela estava de robe: não sei por que Sonya me intimidava tanto.

Sonya, você na verdade não disse uma palavra, não emitiu nenhum julgamento, apenas contraiu a mandíbula a contragosto, pousando de vez em quando os olhos em alguma parte do meu corpo. Foi a sua tensão silenciosa que me transmitiu uma ansiedade desconhecida, e ainda mais porque Andrew decidiu ignorá-la, me deixando como única destinatária.

Estávamos bem perto da algazarra de pessoas quando Sonya passou na minha frente, colocou-se ao lado de Andrew e disse em inglês:

— Eu pedi para você *ir atrás do Juan*. Não acho que isso vá funcionar. Quantos anos ela tem, pelo amor de Deus?

Ela nem sequer sussurrou. E Andrew já estava entre dois policiais que o esperavam, ao que parecia. Se ele respondeu a Sonya, não ouvi a resposta.

Por alguma razão, nós três tínhamos autoridade para entrar naquele grupo, para acessar o centro ao qual todos — funcionários do hotel, transeuntes anônimos dispostos a ajudar — estavam atentos. A cena com que nos deparamos, ou com que eu me deparei pela primeira vez, era tão estranha que, para ser honesta com quem está lendo, é inútil descrevê-la em detalhes. Era *absurda*, e o principal atributo do absurdo é que ele não se dobra, não se adequa à forma que as palavras têm: não se deixa torcer, diminuir, para entrar nos circuitos mentais com os quais costumamos entender, e explicar, o que vimos. O que vi era incompreensível, não só à primeira vista como também depois de aplicados os poderes da razão.

O homem cujas costas eu tinha visto da janela continuava na mesma posição, imóvel e encalhado entre a traseira de um carro e a frente de outro. De perto, ficava óbvio que não era tão fácil para ele sair de lá, embora, da janela, parecesse que sim, que se tratava apenas de uma travessura sem sentido, sem perigo. De fato, agora parecia inacreditável que ele ainda estivesse vivo, gesticulando com a boca e dizendo palavras em inglês e em espanhol, soltas e parcialmente inaudíveis, apesar de ter o estômago praticamente comprimido a alguns centímetros de espessura. Como se não tivesse ossos, ou seus órgãos fossem elásticos demais, massinha de modelar que encolhe quanto mais se aperta na mão. Mas ele não era um homem pequeno, esquálido, da largura e do peso de uma folha de papel: era um ser de carne, músculos grandes e lisos, pele pálida e cabelos quase albinos, com porte de boxeador: como ele conseguia respirar, *falar*, naquela posição? É verdade que seu torso, seus pulmões, não estavam obstruídos. Mas em seu rosto não havia nenhum sinal de autoconsciência, nenhuma vontade de liberar seu estômago da pressão e sair dali. Esse era o homem que Andrew e Sonya chamavam de *Bertrand*; que as notícias descreveram, em suma, como um tolo encalhado entre dois carros estacionados.

— Não se assuste.

A princípio não soube quem estava falando comigo. Apenas fiquei feliz por mais alguém reconhecer, por dizer aos sussurros, que o que tínhamos à nossa frente era assustador.

— Quero dizer, às vezes ele faz isso.

A voz era de Andrew. Quando ele falava comigo em espanhol, e não em inglês, seu tom era quase irreconhecível.

— Ele gosta desse tipo de espetáculo. Nosso querido Bertrand é *performer*.

Essa explicação não fazia sentido. Quase tudo o que Andrew dizia era ambíguo, ou distorcido pela ironia, apesar de seu semblante sério e transparente de professor Kopp. Sua maneira de se expressar me intrigava, mas o problema era que ele não se explicava depois, deixava você sozinha para interpretar seu humor, e não descarto que na verdade não houvesse nada por trás de seus apartes breves e supostamente hilários.

Cheguei mais perto, queria ver o homem, e seu rosto imediatamente me chamou atenção: não era o rosto de alguém com síndrome de Down; não tinha sequer o olhar, os tiques, dos autistas que eu conhecera, mas havia algo de inusitado na redondeza de sua mandíbula e, sobretudo, no osso da testa: parecia um osso duplo, dividido em dois, como se em vez de um crânio humano tivesse dois chifres arredondados, lixados, sob a pele. O nariz também era esférico, animal. Nenhum desses traços me desagradou, seu nariz era mais bonito que o nosso, suas orelhas menos salientes que as nossas. A única coisa verdadeiramente perturbadora — o que me impressionou, e me recuso a acreditar que aos outros não — foi a dissociação entre o entorno e sua felicidade eterna, imensa, assustadora. Ele dizia frases, uma atrás da outra, em inglês, em espanhol e em outro idioma que eu não reconheci, não era uma língua românica muito menos alemão; talvez norueguês, ou sueco.

Olhei em volta em busca de explicações ou de companhia. Havia uma ambulância estacionada na esquina da rua, mas a equipe médica não se aproximava mais de Bertrand. Os policiais também não; estavam paralisados por sua estranha dissertação multilíngue, como se ele fosse um feiticeiro que não se deve importunar, porque seu feitiço é para nós: ouvi-lo nos cobre de gesso e nos extrai do tempo, e ficamos assim, aqui, brancos e imóveis.

Tentei fazer o mesmo: deixar o rosto sereno e prestar atenção, como se aquele profeta retardado fosse nosso pregador, nosso tão esperado mestre, mas depois de pouco tempo ficou impossível. Diante do enigmático e do barulhento, como já disse, o riso me escapa e, se não tomar cuidado, o desprezo também. Ele me parecia, pura e simplesmente, um lunático. Um louco de carteirinha.

Quis recuar, voltar para o quarto, me refugiar em meu pai, sacudi-lo da cama e narrar o que acontecia lá fora, exatamente como ele fazia com tudo o que vivia sem mim. Pedir ajuda como se ainda fosse a menina que não era mais. Afinal, Andrew subira até o nosso quarto à procura *dele*, como se apenas ele pudesse fazer algo a respeito, ou ao menos devesse estar ciente, observar a situação e desvendar seu significado para os demais. Meu pai, é verdade, era o terceiro guru inusitado daquele grupo, junto a Andrew Kopp e esse novo ser chamado Bertrand.

Sonya e eu éramos feitas de outra matéria, mas da mesma outra matéria. Por isso senti antipatia e atração por ela, assim como ela, acho, sentiu por mim. Com o passar dos dias, eu percebi a superficialidade de Andrew; ela intuiu a de meu pai; e nenhuma de nós admitiu isso porque amávamos, e nos eram necessários, de alguma forma, aqueles homens sábios e inocentes.

Ela, Sonya, reapareceu ao meu lado quando a multidão se dispersou, embora o acidente, ou piada de mau gosto, ou *performance*, não tivesse acabado. O homem chamado Bertrand ainda estava enlouquecido com braços e gestos no ar, as palmas cruzadas, os cotovelos trêmulos e descoordenados. As modulações de sua voz eram as de quem expõe um discurso articulado, com orações e premissas concatenadas, mas as palavras, as frases e seus conectores eram — juro — completamente incoerentes.

— É ideia do Andrew. Foi ideia dele — disse Sonya, sem olhar para mim, mas falando comigo. — Ele diz que talvez se você tentar segurar a mão dele, aquela que ele não para de mexer, e fizer alguma pergunta, ou seja, se você o distrair, o dono do carro de trás pode entrar sem que Bertrand perceba..., se Bertrand o vir vai fazer um escândalo e não vai ter quem o tire dali por horas..., e então retirar o carro sem que Bertrand se dê conta. Se você se aproximar e segurar a mão dele...

Olhei para Sonya e pela primeira vez ela voltou seus olhos leitosos para mim. Havia neles uma mistura de esperança e desespero, e também uma ponta de doçura, uma intenção de parecer afável. Não compreendi seu pedido, mas senti empatia sem precisar entender a solicitação. Isso me acontecia com frequência com as ideias de meu pai e, talvez, por saber que eles eram bons amigos seus, estendi aos Kopp o voto de confiança. Não perguntei nem julguei, assenti, agi conforme ela me indicou, inexplicavelmente compartilhei a necessidade ou o comando de Sonya.

E então me aproximei do mamífero palestrante como quem caminha em direção a um altar. Evitei reparar em seu queixo em forma de bola, sua boca estrangeira, mas, como acontece quando nos aproximamos de um abismo, em vez de cair imediatamente sustentei seu olhar, observei-o apesar da repulsa que ele me causava, apesar do meu instinto me pedir para dar marcha a ré, me salvar. Eu me precipitei e disse alguma coisa, fiz a minha voz ecoar no abismo, improvisei uma frase que soou como uma interrogação ou uma afirmação incerta. Então seus olhos azuis, bolas de gude translúcidas, sorriram para mim como se me reconhecessem. O vômito verbal cessou. Ele disse:

— Sim, sim. E desde ontem de manhã. Você quer vê-la?

— Claro — respondi.

Seu rosto se iluminou com algo que não era luz. Ele emudeceu. Exatamente como Sonya e Andrew haviam previsto, o homem abandonou os raciocínios malucos que o haviam ocupado por sabe-se lá quantas horas naquela manhã. Ele esqueceu seu público, seus devotos, e se dedicou apenas a mim. Examinou a minha mão, a mão direita: pegou-a sem hesitar, como se fossem os dedos de sua mãe. De perto, na intimidade — ainda que esta seja artificial, falsa, orquestrada —, quando pensam que os amamos, nem mesmo os seres selvagens são perigosos, desaprendem a atacar, e os loucos saem de sua caverna, de seu labirinto e religião. Mas o homem chamado Bertrand passou a me explicar algo que tampouco era inteligível; embora o tom, a velocidade com que coordenava suas palavras fosse mais sossegada. Até mesmo algumas frases soltas — de um só verbo, orações simples — faziam sentido.

— As esculturas são efêmeras.

Todas as suas frases seguiam uma estrutura gramatical, mas — e isso era desolador — as palavras específicas eram sempre equivocadas, arbitrárias: o substantivo, o verbo, o adjetivo, os complementos pareciam ser escolhidos com uma lógica interna, que seus olhos de bola de gude conheciam, mas que nós, ou pelo menos eu, não conseguíamos acessar.

— As esculturas são efêmeras — ele repetiu. Sem dúvida ele acreditava que estava me dizendo alguma coisa. — Os ecossistemas em si não, mas as estátuas têm o peso que podemos suportar, você vai ver, acho que sim, num instante.

Eu me limitava a assentir com a cabeça, franzir a testa para indicar uma escuta ativa, emitir interjeições e expressar, com meu sorriso casual, que estava acompanhando plenamente o seu discurso.

— Não é o enfatuado mas o contrário. Veremos isso bem se compartilharmos um caso no Afeganistão. Mas em todo caso são efêmeras, as esculturas. É o que achamos.

Dias depois, já em Madri, me ocorreu que as frases de Bertrand sempre pareciam imitações de discursos acadêmicos; o ritmo e a modulação eram os das sentenças explicativas, às vezes esclarecedoras e muitas vezes pedantes; imaginei, sem fundamento algum, que talvez o cérebro deficiente de Bertrand reproduzisse a cadência e a dicção das frases que ele ouvia de homens como Andrew Kopp quando eles recebiam um palanque, mesmo quando, como disse, o conteúdo do que foi dito era nulo, e apesar de eu não saber se pessoas como Bertrand participam de simpósios ou conferências; me parecia que a mera existência de Bertrand era uma piada precisa e cruel contra os sábios inocentes, uma comédia filosófica sobre a vacuidade, a incoerência do conhecimento de todos os professores Kopp do mundo, simpáticos e adoráveis, inofensivos ou não.

Parei de ouvi-lo depois de um tempo: essa é a verdade. Não me orgulho disso. Mas parei de ouvi-lo e bloqueei ativamente qualquer som proveniente dali, daquilo. Ainda hoje, não sei como permanecer imóvel, totalmente atenta, diante do absurdo imposto pelo outro. Preciso fazer alguma coisa, decifrá-lo ou destruí-lo, ou reinventá-lo ou correr. Decifrá-lo leva tempo e é dever das *observatrices*, mesmo que você tenha desertado, Sonya. Eu só queria a sua, mas a minha mão, naquele momento, ainda estava aprisionada pela dele, e a única coisa que eu podia fazer era escapar com o olhar: desviar os olhos da torrente de frases.

Constatei então que o motorista do carro que estava sufocando Bertrand — milagrosamente, sem realmente sufocá-lo — começava, de fato, a mover o veículo para trás. Bertrand, absorto em nossa conversa ou monólogo de surdos não percebia nada. Para não o alarmar, para não despertar sua suspeita, desviei os olhos do carro que se afastava lentamente. Apertei sua mão com força para que ele não sentisse que o estava deixando, e disfarçadamente olhei para trás. Eu queria ver se Sonya ou Andrew ou meu pai me dariam algum sinal, indicações de como proceder.

Mas de repente estávamos sozinhos, Bertrand e eu, na rua de fevereiro. Eu tive essa sensação até que os dois, Sonya e Andrew, o agarraram por trás, onde antes estava o carro. Eles o pegaram sem violência, e ele não ofereceu resistência, se entregou, manso, obediente, e sem tirar os olhos de mim. Andrew me pediu com um discreto gesto de cabeça para não parar de interagir — ou fingir interagir — com Bertrand. Quando entramos no hotel eu os perdi, os Kopp o levaram e não me deram nenhuma explicação: eu, que o havia salvado, o resgatado com meu imenso amor falso. Para onde levaram o artífice e vítima de seu próprio acidente, meu misterioso devedor? Fui até o patamar da entrada, os últimos curiosos estavam indo embora, um policial municipal conversava com o motorista da ambulância, mas de repente me senti exausta, tonta e morta de frio. Minhas pernas brancas eram puro osso. A última coisa de que me lembro foi ter a intenção de abordar a dupla de homens em seus respectivos uniformes, o motorista da ambulância e o policial, querendo suas explicações e seu consolo, mas concluí por alguma razão que minhas palavras seriam incompreensíveis ou, ainda que comunicassem algo, simplesmente vãs, porque eles também desapareceriam, estavam e não estavam, vê-los não era garantia de que, ao dar um passo para pegar sua mão, eles ainda estariam lá. E meu pai ainda estaria dormindo, em outro lugar.

II

Não precisei de muitos dias. Logo percebi, mais uma vez, e como em todas as visitas, que os amigos de meu pai nunca eram pobres.

Não pretendo insinuar nada de ruim. Pelo contrário: eu gostava de encontrar gente como os Kopp porque tudo eram extravagâncias, banquetes, papos-furados, acontecimentos inesperados.

Além disso, o êxtase do mundano existe para nos fazer esquecer a morte. Ou digo isso porque é o que acontecia comigo. As viagens, as celebrações suavizavam meu temperamento irascível que, mesmo aos dezessete anos, fazia com que eu me aferrasse ao ordinário e necessário, eliminando o que só tinha peso aparente e não concreto, como o mármore, desprezando sem cerimônia a maioria das atitudes, afirmações ou pessoas levianas. Hoje sei que isso — acreditar que apenas as esculturas são dignas — era minha consciência da morte. E certamente da morte de meu pai.

No entanto, não deixava de me surpreender o fato de todos aqueles seres agradáveis e divertidos pertencerem a uma, e apenas uma, classe social. Não havia ostentação, muito menos luxo, em Andrew ou Sonya Kopp, mas era evidente o tipo de vida que eles levavam: uma vida fora do comum, cheia de privilégios exclusivos e por isso mesmo desinteressantes, fúteis, ainda que belos, aprazíveis e — para mim — ocasionalmente reveladores.

Eram um casal estranho, também. Os Kopp pareciam amigos, irmãos implicantes, brincavam e brigavam sem consequências, insultavam-se descuidadamente e sem rancor posterior. Nunca os vi se beijando ou de mãos dadas, mas eles eram atenciosos um com o outro: Andrew puxava a cadeira de Sonya antes de se sentar à mesa, Sonya agradecia a ele discretamente. No fundo, o que chamava minha atenção eram seus modos, algo mecânico para eles mas significativo para mim, eram seres de outra época, com códigos de comportamento e educação que em gerações posteriores, como a minha, mal existem. Por mais que eu notasse, também, sua mundanidade, suas maneiras me faziam admirá-los, amá-los. Eles deviam ter a idade do meu pai: mas naquela viagem ao norte ele ainda não estava completamente senil. O homem mais velho e mais jovem. Essa foi a contradição, mais tarde: que os olhos alertas — olhos de coelho enérgico, desgrenhado, imortal — pudessem se apagar, adoecer, hibernar para sempre.

Quando acordei na manhã seguinte, a primeira coisa que senti foi alívio. De estar na cama, sem mais barulhos que do trânsito da avenida principal. De verificar que ele estava dormindo à minha direita, roncando até o talo de soníferos, o colarinho da camisa coberto de cinzas, como todas as manhãs. A televisão estava ligada em um canal de tarô. Não havia sons de ambulância nem luzes da polícia do lado de fora. A manhã anterior poderia ter sido um sonho, exceto porque algumas horas depois, quando ele acordou e se lavou — água na cara, nos cabelos grisalhos, nada de chuveiro —, olhou para mim e disse:

— Olha, vou pedir para você ter cuidado. O que aconteceu ontem, bem, tenha um pouco de cuidado.

Ele não estava presente, não tinha descido até a rua: contra o que estava me alertando? Às vezes penso que minha obsessão pelas palavras — minha necessidade de bater nelas, de pedir a elas o que não sabem — é fruto de momentos como esse, de minhas interações com seres de poucas palavras e muitos subentendidos. Meu pai costumava me dizer, de modo declarativo, para *ter cuidado*. Não acho que nisso ele fosse diferente de qualquer outro pai que se preocupa de modo preventivo, talvez desnecessário. Para além das palavras, no entanto, nós ficávamos à deriva. Ele *pedia* para eu me proteger, mas com olhares de compaixão, expressões de preocupação exagerada, sem enfrentar os abismos comigo. Ele tinha mais medo que eu diante do abismo. E não sabia se devia recuar ou pular, atacar ou proteger, se a voz e o amor servem para alguma coisa ou se, ao contrário...

— Ontem à noite Andrew e sua mulher me explicaram o que aconteceu de manhã. Eu ainda devia estar dormindo, não é? Me desculpe.

Com cada vez mais frequência, aliás, meu pai dizia isso: *me desculpe*. Pelo quê? Eu não precisava desculpá-lo, não o culpava, só reclamava quando me sentia desprotegida, como qualquer cria de qualquer espécie animal. Naquele momento, além disso, suas palavras de advertência me pareceram suficientes, eu as aceitei e elas me animaram, mesmo sem saber muito bem o que ele queria me dizer, do que estava se lamentando, ou com o que eu deveria ter cuidado. Hoje tomaríamos café da manhã com os Kopp: lembrar disso me deixou contente.

Na tarde anterior, havíamos passeado pelo bairro, só nós dois. Tínhamos percorrido a alameda e classificado as plantas e as flores dos jardins que encontramos: meu pai sabia quase todos os nomes, não sei por quê, ele não era ecologista nem botânico nem florista. À medida que entramos e seguimos pelas pontes labirínticas da alameda, descobrimos lagos cada vez menores, com flores e bichos variados, como se fosse o equivalente, em jardim, de uma boneca russa. Nós nos perdemos pelos caminhos selvagens que levavam de um lago a outro, mas como tínhamos anotado os nomes das flores e recordávamos sua aparência, nos guiamos pelas cores e pelas formas mais do que pela direção, e encontramos o caminho de volta ao hotel.

Eu tinha decidido não explicá-la, a manhã: esquecê-la pelo caminho violeta e amarelo. Andrew e Sonya não nos acompanharam em nossa expedição, tiveram a tarde cheia com entrevistas e a coletiva de imprensa do prêmio de Andrew. Só mais tarde, quando eu já estava dormindo, os Kopp e meu pai beberam alguma coisa no bar, ele me contava agora, Andrew, com quem encontramos no saguão para tomar café da manhã no restaurante do hotel. Assim que o vi, perguntei por que e onde haviam se escondido na manhã do dia anterior com o homem retardado, após a confusão na rua.

Não o chamei assim. Eu disse *Bertrand*, sem saber por quê, isso não significava nada para mim, fazia mais sentido chamá-lo de *homem retardado*. Mas Andrew não respondeu as minhas perguntas.

— Ele é *artista* — foi a única coisa que ele disse. — Fale com ele. Você vai ver. Ele vai explicar tudo direitinho.

Voltei ao quarto para trocar os chinelos por sapatos, me perguntei o que era "tudo" aquilo que Bertrand tinha para me explicar "direitinho", e me vi, de antemão, sem vontade de reencontrá-lo.

Assim que desci para me juntar a todos no restaurante eu o vi, o homem chamado Bertrand, sentado à nossa mesa. Estava entre Sonya e Andrew, e os três em frente a meu pai e uma cadeira vazia que, deduzi, era a minha. Quando Andrew me viu chegar, dirigiu-se a mim novamente:

— Era óbvio que seu pai não acordaria num *horário normal* para tomar café, mas que estaria com fome ao acordar, mesmo que ainda não fosse hora de almoçar. Os funcionários do restaurante tiveram a gentileza de estender o bufê de café da manhã até agora, então isto é precisamente um café-almoço: um *brunch*, como nós dizemos. Obrigado novamente.

Um jovem vestido de preto — o responsável pela cozinha, imaginei — assentiu, sorriu, acho até que corou.

— São nossos clientes estrela esta semana — disse o jovem. — Não há de quê.

O garoto corado era bonito. Cortês. Conseguiu dizer isso sem soar brega ou falso. Algo se contraiu na minha barriga. Eu queria falar, tocar no garoto em questão, fingir a mesma alegria despreocupada de Andrew, queria ser mais uma Kopp, abordar tudo sem preconceitos e também sem escrúpulos. Ter o direito de agir assim porque sim, sem motivo e sem outro consentimento além do meu. Procurei nos olhos do garoto alguma curiosidade, algum desejo similar, mas não vi nada além de compostura e rigidez profissional.

Isso vinha acontecendo comigo recentemente, nos últimos meses: sentia uma pontada no abdômen, identificável como a necessidade, repentina e caprichosa, de um contato físico específico. Exclusivamente com homens, nada de mulheres. Os abraços daqueles homens, suas mãos apertando as minhas, eram sempre meu objetivo. Tudo o que era verdadeiro — a falta de proteção, o tempo, a morte — desaparecia ao contato com peles alheias.

— *Querida*, deixa eu te apresentar o Bertrand. Embora vocês já se conheçam. Ontem ele começou a explicar o projeto dele a você, lembra? Ele veio conosco de Londres. Bertrand, esta é Virginia: a lindíssima filha de nosso amigo Juan.

Andrew se virou para meu pai. Sua expressão mudou e ele falou como se o resto de nós não estivesse lá:

— Continuam dizendo que ela parece mais sua *neta* do que sua *filha*, e você o avô dela?

Meu pai riu e assentiu, mostrando alguns dentes, escondendo alguns dentes. Ele era um homem calmo, seguro de si, discreto: perto dele, Andrew era histriônico. Ele nunca se sentia ofendido e, em situações sociais como essa, empenhava-se para que todos se sentissem confortáveis: era sempre gentil, sempre acolhedor. Ele olhou para mim, ainda sorrindo, como que para compensar o jeito que Andrew tinha de falar dos presentes na terceira pessoa.

— Ontem — disse meu pai, falando para todos —, o taxista que nos trouxe do aeroporto para o hotel nos confundiu com um casal. Ele me chamou de pervertido sem dizer!

O garoto — o responsável pela cozinha, ou garçom — havia ficado perto da nossa mesa e quando ouviu aquilo riu também. Ele se aproximou um pouco mais, tive a impressão, para olhar o meu rosto. Sua indiscrição me surpreendeu, assim como a minha própria reação contrariada, minha rejeição, quando minutos antes eu só queria que ele olhasse para mim. Sonya olhou para mim também, fugazmente. Ela não estava rindo.

Mas especialmente o homem chamado Bertrand ficou me observando por vários segundos a mais do que o resto. Meu pai abriu os trabalhos com suas torradas, ovos, queijo e presunto; Sonya olhou para a comida com um pouco de receio, como se em meio a toda aquela variedade exposta na mesa não conseguisse encontrar seu desjejum habitual. O que o louco estava fazendo ali, outra vez entre dois corpos, engavetado entre duas massas; de onde ele conhecia Sonya e Andrew, e por que eles mesmos o tratavam com proximidade e normalidade? Ele tinha vindo *com eles* de Londres, Andrew disse?

Eu não podia ser a única a perceber — até meu pai tinha me dito *tenha cuidado* poucas horas antes —: havia algo de sinistro naquela criatura, no fato de estar entre nós e termos que tratá-lo *como um igual*. Já que ele não parava de me olhar, hipnotizado — estaria me reconhecendo, admirando, jogando um mau-olhado? —, e talvez para não sucumbir, não me subjugar frente ao desconforto crescente, eu me permiti observá-lo também.

Seu rosto parecia mais sereno que no dia anterior, os músculos menos contraídos. Seus lábios permaneciam colados, selados sem esforço, e as bolas de gude que faziam as vezes de olhos hoje eram menos artificiais. Ele estava de banho recém-tomado: alguém cheirava a xampu, e com certeza não eram Andrew, Sonya ou meu pai, que cheiravam a uma mistura de tabaco e móveis de madeira. Uma risca lateral, dessas feitas com pente e gel, dividia em dois seus cabelos finos e cacheados. De qualquer maneira, ele estava asseado. Ou melhor, ele parecia um boneco que alguém *havia* arrumado: era impossível que ele, por si só, conseguisse se arrumar, olhar no espelho e melhorar sua aparência, pensar que efeito causaria nos demais. E sua roupa, ao contrário — naquele momento eu só conseguia ver seu torso —, era a mesma do dia anterior. Uma camiseta branca de manga comprida e, por cima dela, em vez de uma jaqueta, uma regata verde, como se tivesse confundido a ordem e vestido por cima a camisa de baixo. Pensei no que Andrew dissera: *Ele é artista*. Os artistas fazem as coisas de outra maneira, até mesmo ao contrário, eu concordo. Mas tais manobras contêm um significado interno: há um propósito desconhecido que as ordena. A minha impressão, como disse a locutora da rádio, era estar diante de um deficiente, não de um artista. Suas múltiplas esquisitices — seu jeito de olhar, suas roupas, o modo como se sentava petrificado — eram arbitrárias; carecia de interioridade, de propósito desconhecido, a criatura Bertrand.

Levantei-me da mesa: sabia que aquele intercâmbio mudo — ele olhando para mim, eu olhando para ele — não levaria a lugar nenhum e que não, não, também não me apetecia seguir o conselho de Andrew e *falar com Bertrand*. Falar com Bertrand sobre o quê?

Fui até o bufê. Estávamos apenas nós cinco no imenso salão, além de uma família com duas crianças de aparência formal, calados. Talvez eles também fossem hóspedes estrela, ou tivessem se levantado tarde e se juntado ao *brunch* improvisado para Andrew e Sonya Kopp. Os Kopp os haviam cumprimentado quando o casal, com os filhos feito soldadinhos de chumbo, entrara no restaurante. Eles conheciam todo mundo, ou talvez fosse o contrário: todos os reconheciam, e os Kopp agradeciam o reconhecimento com expressões calorosas e impessoais.

Eu me concentrei na área dos doces: observei a confeitaria, os pães e folhados fumegantes. Escolhi uma rosca doce de massa folhada, um brioche, uma ferradura de chocolate e vários bolinhos de canela. Morando com meu pai, eu tinha me acostumado a comer tudo o que eu gostava: tudo o que fazia mal. Mas a minha atenção estava em outro lugar. Permanecia lá, de onde eu tinha querido fugir, porque às vezes isso significa fugir: ficar. Eu me indagava sobre Bertrand. Por que senti que o havia *abandonado* e, por que, no dia anterior, senti que ele me abandonara, que eles o tinham levado quando, na verdade, ele me pertencia? Bertrand era um desconhecido: por que eu tinha esses pensamentos em relação a ele, e só ele? Parecia saído de uma parábola bíblica ou de uma lenda alemã e, no entanto, estava ali, entre nós, como mais um, Bertrand.

Bertrand nos acompanhou durante alguns dias da vida, em retrospecto, tão imprevisível e convencional que eu levava com meu pai: meus dias com os Kopp. Parecia, na verdade, ser *escoltado* por eles, sob sua responsabilidade e cuidado. E eu pressenti, sem saber explicar, que Bertrand iria incomodar. Ele iria dificultar alguns dias destinados a ser férias roubadas, clandestinas, coisa que acontecia frequentemente com meu pai: eu matava as aulas do colégio, ele faltava às suas aulas na universidade. Desde que eu não contasse para a minha mãe — e eu ficava calada, obedecia ao rei dos coelhos —, fugíamos para algum lugar da península. Quando descobria, minha mãe dava bronca nele e em mim, por telefone. Mas ela fazia isso abertamente, de modo sincero, e em seguida — caso soltasse algum palavrão — invariavelmente arrependido. A maneira como ele a insultava era mais sofisticada, mais sutil: causava o tipo de dor que nem se sente porque se desconhece; ele preferia o ocultamento, não a ofensa; o silêncio, não a palavra.

O silêncio dos coelhos: quem culparia o coelho, se ao olhar para ele nos deparamos apenas com uma cara diminuta, sem ódio ou intenção? Quando criança, muitas vezes eu era o míssil do coelho. Além de filha, amiga, acompanhante. E, quando fiz dezoito anos e ele adoeceu, sua mãe e sua mulher. A rainha coelha. Dois coelhos em um navio, e mais ninguém, para onde não sei, mas sei o que aconteceu lá, em cada travessia, o que aprendi em cada porto.

Resumindo: morando com ele, e antes dos dezoito, devo ter matado um terço das aulas. Aprendi, vi, vivi outras coisas; esta foi uma de nossas últimas escapadas; e Bertrand, a última dessas coisas.

Voltei para a mesa com um prato transbordando de doces, meu pai riu com carinho e aprovou a minha seleção. Sonya fez uma piada sobre algo que não ouvi. Estava falando com meu pai. Ofereceu a ele um pouco de sua salada de tomates, espinafre e cuscuz, "comida normal", ela disse, e ele respondeu:

— Eu não como paisagem!

Os Kopp ficaram surpresos antes de caírem na risada de boca aberta, os olhos velhos e apertados: não tinham ouvido aquela piada antes. Que não era uma piada, que ele não comia nada vegetal ou remotamente verde, só eu sabia.

Ao me sentar, notei que alguém havia movido nossas cadeiras para a esquerda. Eu estava em frente a Bertrand outra vez, apesar de ter deslocado o meu assento antes de ir atrás de mantimentos. Diferente dos outros, Bertrand não riu da piada de meu pai. Eu também não. E nós nos encaramos fixamente por alguns segundos. Eu me propus a não permitir que ele me inquietasse: que sua presença muda, musculosa, amarelada, não me deixasse alerta. Seus olhos de marionete, translúcidos. E de repente, enquanto eu estava concentrando todas as minhas forças nesse objetivo, nesse desafio, Bertrand deu o bote em meu prato. Saiu carregando dois ou três bolinhos de canela, sem tirar as bolinhas de gude do meu rosto. Depois da pancada de seu enorme punho no prato, uma faca prateada voou, quicou no meu peito e aterrissou no meu colo. Tudo aconteceu muito rápido. E por sorte ela não tinha ponta, a faca.

Todos viram. Ninguém disse nada, nem mesmo meu pai, que apenas ergueu as sobrancelhas demonstrando alívio quando o trajeto da faca terminou sem danos. Eu me sobressaltei, mas com atraso.

Essa era a segunda vez que os Kopp agiam como se não presenciássemos uma anomalia causada por Bertrand. A conversa — da qual não me lembro; tinha a ver com a universidade e uns amigos de meu pai e de Andrew — seguiu à margem de Bertrand e suas macaquices, e por alguma razão eu tinha sido a escolhida para aguentá-lo, compreendê-lo, lidar com seus impulsos. Devolvi a faca à mesa e vi, sem querer olhar, como Bertrand desmanchava os bolinhos de canela antes de comê-los. Tirava uma por uma as camadas de massa folhada, deixando-as organizadamente na borda do prato. Em seguida pegava o recheio de canela com a mão, espremendo-o como se fosse algo menos pegajoso, e o enfiava na boca. *Zás*. Não o mordia, não comia um pedaço. Inteiro, para dentro, *zás*. Então o mastigava lentamente. Repetia a manobra.

Sei que expirei silenciosamente — porque agora expiro assim, ao lembrar disso — e olhei para meu pai, para os Kopp e ao meu redor. Aceitei que ninguém iria fazer nada. Agradeci, pelo menos não havia uma enxurrada de frases estranhas e estridentes naquele dia. Eram Andrew e meu pai que estavam com a palavra naquele meio-dia. Nem Sonya interveio, sua atenção pairava entre o chá e a salada de cuscuz, seus olhos escondidos ali entre os grãos de trigo. De vez em quando, de sua nuvem terrestre, Sonya olhava para Bertrand, e não exatamente com a indiferença e naturalidade de quem está nas nuvens. Mas desviava os olhos dele num instante, principalmente se notasse que eu a estava observando. Então ela ficava despreocupada por alguns minutos, sem esforço aparente, de volta à sua nebulosidade, até olhar para ele de novo, e para mim, e eu os encarar, e tudo outra vez. E Andrew e meu pai em seu mundo.

Talvez tenha sido o café da manhã mais desconfortável da minha vida. Tudo era indeterminado, indefinido, indecifrável. E como ninguém parecia alarmado, eu não podia perguntar *o que estava acontecendo*. Isso era o mais estranho, a maneira comedida como Sonya e Andrew reagiam aos movimentos repentinos daquele homem, ao seu comportamento distinto do nosso, que era educado e social. Aquele homem sem identidade, sem contexto, mas tão presente e existente quanto nós, seres descritíveis e concretos: um casal anglo-saxão, um professor universitário, sua filha adolescente.

Finalmente chegou um reconfortante fragmento de informação. Informação que explicava o misto de negligência e carinho com que os Kopp tratavam Bertrand. A propósito, meu pai sabia quem era aquele quinto comensal? Examinei sua expressão facial para investigar, para descobrir por meio dele quem era o outro. E senti ternura, ao olhar para ele. Esqueci qualquer outro personagem, o rosto de meu pai era o único intrigante. Meu pai, como eu, tirava proveito dos intercâmbios frívolos, do contato com seres como os Kopp, aquilo nos recuperava, nos reintegrava à sociedade da qual facilmente nos abstraíamos, passando dias sem sustento ou estímulo externo. E bastava um encontro intenso, uma impressão poderosa, para nos trazer de volta ao mundo das ideias; este mundo que nós compartilhávamos, em silêncio, em casa. As saídas, as aventuras, eram uma pausa e um descanso necessários. E a ideia de sua amizade com Andrew me agradava: eu sabia que ele, Andrew, amava e estimava meu pai, então que importância tinha se eu notava suas diferenças? Se eram amigos, no fundo, deviam ter algo fundamental em comum. Sonya, enquanto isso, não compartilhava nada com ninguém. Mergulhava em si mesma, em seu silêncio. E então chegou, como ia dizendo, um reconfortante fragmento de informação:

— Sim, sim, temos dois filhos — ouvi Andrew dizer. — Juan, você só conhecia Bertrand, acho que nunca esteve com Andrew Junior. Se você vier a Londres em breve...

Andrew olhou para mim, alerta. Como se de repente lembrasse que eu estava lá. Não: ele olhou para mim porque, embora fingisse falar com meu pai, queria que eu o ouvisse:

— Bertrand... Bertrand viaja mais que Andrew Junior, sem dúvida. Na próxima semana ele parte para o Cairo. Tem uma conferência e uma inauguração. Veio com a gente desta vez porque sua agenda está surpreendentemente livre por uma semana. — O semblante de Andrew estava totalmente sério, nem uma ruga de expressão irônica ou teatral, mas não pude deixar de rir quando ele disse: — A mulher de Bertrand não veio com ele. Mas qualquer hora você vai conhecê-la. É uma mulher... Eu peço a vocês: venham nos visitar em Londres.

Eu devia ter reprimido a minha risada: percebi na mesma hora. Mas eu ri de nervoso, pela incompreensão, porque o absurdo não parava de crescer, e ao mesmo tempo não me parecia que tudo aquilo fosse mentira, ficção pura, quando lembrei, naquele exato momento, do que meu pai disse no avião sobre Andrew: "Tudo o que Andrew diz é mentira. Tudo. Você vai ver". Não era uma crítica, apenas uma descrição, expressa, por sinal, com terna condescendência, sem um pingo de julgamento moral. Mas de repente Andrew e Sonya estavam olhando para mim, sem expressão. Ofendidos. Os Kopp não franzem a testa nem levantam a voz: quando se zangam fazem cara de concha polida pela água do mar, reprimem as marcas de ódio, as expressões de repúdio ou desaprovação.

— A *mulher* de Bertrand? — perguntei.

Isso nunca havia me ocorrido: loucos como Bertrand poderem se casar, ter relações conjugais. Também não havia me questionado, é verdade, o que o fato de não serem universais diz sobre o valor de certas convenções sociais, e que pessoas com deficiências ou transtornos mentais nem sempre possam se casar, ter filhos, ser financeiramente independentes, etcétera. Meu deus, eu não devia ter rido. Mas me senti no direito de protestar, de perguntar, porque tudo era completamente inverossímil, não apenas o perfil funcional e até bem-sucedido que Andrew pintou de Bertrand — que era *seu filho*, ele disse? Eu tinha ouvido direito? Que ele ia a uma conferência no Cairo, *Bertrand*, o marionetista encalhado entre dois carros, vestido ao contrário? —, mas que, ainda por cima, era casado. Não era uma mentira: era uma piada de grandes proporções. Mas assim que falei e eles viram que eu não aceitava as palavras, as invenções, as fantasias de Andrew, quando viram que eu não estava entrando no jogo sem mais nem menos, passaram a me ignorar outra vez. Fiquei muda, perplexa, diante da cara do autômato Bertrand Kopp. E ele estava tão confuso quanto eu.

Então aconteceu: o episódio da mão. De um modo parecido ao dia anterior, Bertrand voltou a entabular uma conversa comigo, algo se encaixou em seu cérebro de artista impostor e ele começou a falar comigo como se nada tivesse acontecido, como se ele não tivesse atirado uma faca em mim e como se eu não tivesse questionado seu "casamento". Entre outras coisas desconexas, ele me disse:

— A mulher de Bertrand? Eu não sou sua mulher?

Minha garganta secou de repente, não consegui engolir saliva, quando vi que ele estava imitando os meus gestos, minhas expressões faciais, o jeito que eu tinha de estreitar os olhos — como meu pai — quando fazia uma pergunta. Não sei se ele estava debochando de mim, ou simplesmente me imitando tal qual um papagaio, um bebê, sem intenção de machucar.

Absortos em suas próprias histórias, os três adultos me deixaram sozinha diante daquilo. Digo aquilo porque Bertrand era uma coisa.

E aprendemos com o tempo, mais tarde, que é uma grande arte fingir não ouvir a maioria das coisas que ouvimos à nossa revelia; à época eu ainda não sabia negar a palavra a quem a oferece. Então aguentei a coisa Bertrand, penetrei em seus absurdos, quis desfazê-los. Tentei explicar a ele que *não*, eu não era sua mulher, tentei fazê-lo entender que nossa relação era puramente casual, circunstancial. Ele não compreendia, nem sequer prestava atenção em mim, falava por cima de mim, começou a descrever suas *esculturas* e então parei de ouvi-lo também. Antes de minha deserção, e para lhe explicar quem eu era, repeti três vezes que eu era para o meu pai o mesmo que ele era para Andrew e Sonya. Sua filha, ou sua acompanhante. Mas quanto mais eu tentava argumentar com ele, mais delirante nosso diálogo se tornava, e ele não confirmou — ao contrário, retesou sua testa chifruda — seu vínculo familiar com os Kopps. Ocorreu-me que nem mesmo isso era verdade, que aquele homem nem sequer tinha o atributo específico de ser *filho de alguém*, que ele havia dado à luz a si mesmo, e que os Kopp..., que *tudo o que Andrew dizia* era, de fato, *mentira*.

Milagre envenenado: Andrew cortou a verborragia de Bertrand. Sussurrou-lhe alguma coisa, embora eu o tenha ouvido perfeitamente:

— Olha só as mãos de Virginia.

Sonya também o ouviu. Ergueu os olhos de seu prato, timidamente, na minha direção. Ela estava alerta novamente, e novamente não reagia apesar de seu estado de alerta. Era como se Sonya fosse muito consciente de algo que Andrew nem sequer imaginava e, ainda assim, por algum motivo, devesse agir com a misteriosa frieza e a irreverência próprias de seu marido. Como se fossem siameses, em vez de seres com vontades próprias e independentes.

Bertrand obedeceu à ordem de Andrew (de *seu pai*, imagino). Olhou para as minhas mãos como um cachorro no cio que ouve seu nome, como se *elas* estivessem falando com ele. As duas estavam em cima da mesa. Ele as pegou delicadamente, e acariciou-as com um cuidado surpreendente: eu esperava outra patada. Sonya observou minha reação, que foi nula, inexistente, até que eu as afastei das dele com um pouquinho de brusquidão.

— Quero uma escultura das suas mãos.

Não. Desviei o rumo da conversa, como no dia anterior. Mas hoje, em vez de curiosidade, senti vontade de voltar para o quarto ou sair. Qualquer coisa menos continuar ali. Agora eu não era forte, nem útil. Agora eu sentia nojo e tédio. E intuía que Bertrand era uma imposição, um abuso, um joguete com forma humana que acabaria brincando comigo. Eu teria levantado e saído sem dar nenhuma explicação se não fosse pelo fato de meu pai estar lá e, por algum motivo, eu me sentir responsável por ele, ter pena de deixá-lo sozinho; ou talvez eu soubesse que, por mais que ele entendesse a minha fuga — meu pai *entendia*, *aceitava* tudo —, não se levantaria comigo. E que, quando eu saísse, ele diria, com carinho e surpresa: "Virginia é um pouco suscetível". Pensando bem, eu estava naquela situação porque meu pai havia me levado com ele — havia *implorado* para que fôssemos juntos — à cerimônia em que Andrew Kopp seria premiado por algum estudo ou ensaio sobre os anos que antecederam a Guerra Civil Espanhola, acho. Meu pai, sem perceber, me atirava em situações pelas quais não se responsabilizava depois: e fazia de mim a responsável, não só pelos meus erros, mas também pelos dele: *Tenha cuidado*. E dizia *desculpe*, depois, sempre *desculpe*, e não havia nada para desculpar, porque eu não o culpava, a culpada era eu.

O que estava errado naquela situação e o que estava certo? Enquanto me atormentava com palavras absurdas, Bertrand segurou minhas mãos novamente. Se eu não sentisse tanta repulsa teria aguentado mais, mas para não dar vazão à violência que crescia em meu peito interrompi a conversa entre Andrew e meu pai, cortei a seco o lixo dialético de Bertrand e incluí Sonya no grupo:

— Oi — falei alto. Em vez de reclamar ou pedir ajuda, eu me ouvi doce, pequenina, feminina: — Quais são exatamente os planos de amanhã, para a cerimônia?

Senti nojo da minha voz. Do meu tom dócil. Acho que Bertrand não se deu conta da estratégia, da minha desculpa desesperada, e hoje não entendo por que ainda me custa me extirpar, me arrancar das situações escorregadias, por que permaneço no mágico e daninho. Andrew, presunçoso e brilhante como nunca, ergueu as sobrancelhas e engoliu o que estava mastigando para me responder. Ele ficou feliz com o meu interesse, devorou-o. E embora minha estratégia tivesse funcionado — eu não estava mais *sozinha* em contato com Bertrand —, senti uma tristeza, uma impotência maior. Isso piorou quando me ocorreu que, se tudo fosse ao contrário, Andrew e Sonya poderiam ter pensado até o momento em que abri a boca que *eu* era a filha retardada do grupo, *eu* era o elemento inesperado e desestabilizador. Quem sabe: talvez fosse mesmo. Talvez Bertrand não se comportasse como um bebê monstruoso, mas como o artista digno que era, na estrita intimidade familiar.

Mas por que trazê-lo à Espanha, então: por que o expor? Eu tinha a sensação de que tudo podia virar o contrário, ali, a qualquer momento, inclusive ele. E quando digo ele, estou me referindo na verdade a todos nós, e a nós duas também, a você e a mim.

— O plano amanhã é este, querida: levantamos *cedo* — Andrew piscou para meu pai — e podemos ir caminhando daqui até o teatro, onde acontecerá a cerimônia de premiação. Ou podemos pedir que nos levem. — Ele passou a mão pela cabeça, como se tivesse um único fio de cabelo para cuidar e acariciar, e olhou para nós, um após o outro, para Sonya, meu pai e eu. Para Bertrand não. Os dentes de Sonya surgiram num sorriso, era a primeira vez que eu os via. Os dois ossos, a dentadura dela e as formas cranianas de Andrew, me confirmaram que eram esqueletos humanos. — Pois bem, se não se importarem, *meu plano* é o seguinte: chegamos ao teatro antes de todo mundo e ocupamos os lugares reservados aos reis!

Meu pai arregalou os olhos e os entregou secretamente a mim antes de soltar uma risada. Como se quisesse me fazer ver que a sua primeira reação era aquela — a perplexidade, até a desaprovação —, mas que, por alguma razão, na frente de Andrew ele deveria rir, apoiá-lo, não o contradizer.

— Eu falei que ele era *louco* — disse ele de modo conciliador, dirigindo-se a mim, e ao ouvir isso Andrew encarou como um elogio. Meu pai tinha certeza de que eu captaria sua ambiguidade. Ele dominava a duplicidade da linguagem, era capaz de dizer uma coisa e conotar o contrário, se quisesse agradar dois ouvintes diferentes ao mesmo tempo, Andrew e eu.

— Não acho que a gente possa entrar de fininho assim no teatro — repliquei, e olhei para Andrew. — Imagino que haverá seguranças por toda parte.

— Se não houvesse seguranças não teria graça — respondeu ele. — E não estou propondo que nos *sentemos* nos lugares reservados à família real. Só *deixar nossas coisas lá*, como por engano, até que alguém se dê conta, tempo suficiente para armar um pequeno tumulto, para acontecer algo inesperado, antes da premiação. Caso contrário será chatíssimo, eu garanto. Olha: chegamos, fazemos a pegadinha e vamos petiscar alguma coisa no hall antes da cerimônia, que começa ao meio-dia.

Ocorreu-me perguntar *por que* precisávamos fazer aquilo. Argumentei que confundiríamos o cerimonial desnecessariamente.

— Foi o que eu disse. Se não injetarmos algo de imprevisível, será uma manhã chatíssima — repetiu Andrew, e olhei para sua mulher e seu filho em busca de sinais de ofensa, ou ao menos de desacordo. Mas ninguém vacilou, ou talvez tanto Bertrand quanto Sonya fossem adestrados para não vacilar. — Eu falei para Sonya assim que soubemos do prêmio: só viríamos à Espanha com a única condição de que Juan concordasse em vir também, reencontro na Espanha!, e que organizássemos o dia conforme a nossa vontade, nenhum compromisso além do estritamente necessário, já cumprimos todos os compromissos sérios ontem. E, bem, em troca ela me pediu que trouxéssemos B. Ideia maravilhosa.

"B." Agora eles o chamavam pela inicial. Teria me incomodado que seu pai se referisse assim a ele — não apenas na terceira pessoa, mas como uma letra ou número de identificação — se Bertrand não fosse, como já disse, um objeto, e como tal ele não acompanhou a conversa nem foi capaz de interpretar os significados ou deboches implícitos. O que Andrew não imaginava é que outros além de Bertrand pudessem *sentir por ele* o que o próprio não conseguia perceber. O homem chamado Bertrand estava absorto e sorridente, e de repente fui tomada por uma pena inesperada, uma leve dor nas bochechas e até na mandíbula. Ele parecia ensimesmado murmurando algo para si mesmo e, outra vez, dialogava com as minhas mãos. Quis escondê-las dissimuladamente embaixo da mesa, procurar as de meu pai, mas assim que me viu movê-las Bertrand protestou com um grunhido animal. Ele, príncipe da lógica incompreensível, do discurso perpétuo, opaco, despersonalizado, de repente emitia sons guturais e irritados, mas cheios de sentido. Andrew notou seu rosto desfigurado. Olhou para Sonya, disse-lhe algo com os olhos.

— Virginia, mantenha as mãos em cima da mesa — ela ordenou, como se fosse a voz de seu marido, e como se a chateação repentina de Bertrand tivesse a ver comigo e não com as humilhações que, talvez, ele intuísse *sim* na boca do pai.

Obedeci a ordem e a fera se acalmou. Não demorou a balbuciar novamente, sabe-se lá o quê — uns sons entre o humano e o animal — e Andrew Kopp, incauto, continuou a expor seu plano caprichoso. Meu pai ficou em silêncio, mas suas costas estavam retas contra o encosto da cadeira. Ele estava mais rígido, menos lânguido e despreocupado do que de costume.

— Vamos entrar pela porta dos fundos do teatro — explicou Andrew. — A que dá para os camarins e as coxias, não para o saguão. Amanhã essa parte estará vazia porque não há nenhum espetáculo, o teatro ficará fechado o dia inteiro para a cerimônia: li hoje de manhã no jornal. Além disso, entre uma coisa e outra, ontem eu investiguei a área e, perguntando, descobri que as etiquetas serão colocadas de manhã bem cedo em cada assento. É a primeira coisa que eles fazem. Vamos entrar, procurar as placas dos reis, e deixar as nossas coisas *bem ali*. Sairemos pelos fundos e então entraremos no saguão, como quem acaba de chegar. Vamos ver o que...

— Não! — gritou Bertrand, fincando o punho na mesa e esmagando o meu dedo mindinho.

Emiti uma interjeição, alta demais para o machucado tão leve que ele havia me causado, mas gritei de susto, chocada com seu novo ataque, que presumi, apesar de tudo, não ter sido intencional. Aquilo por si só — ver a sua falta de jeito evidenciada em minha reação — envergonhou Bertrand imediatamente: outra vez senti mais pena dele do que de mim. De repente os papéis se inverteram e o criminoso não era o culpado, mas sim a vítima. Eu o sentia assim, porque havia algo de insólito em seu rosto cor-de-rosa, de plástico, humilhado. *Vergonha?* Sim, era o que diziam seus olhos assustados, seus braços ligeiramente levantados e dispostos a ajudar. Quem ele amava, quem ele *podia* ajudar? Eu não acreditava que ele fosse capaz de sentir vergonha. O embaraço é a expressão máxima de humanidade, é a visão crítica e objetiva, não apenas subjetiva e parcial, de si mesmo: se me pedissem para falar de Bertrand antes daquela manhã, eu o descreveria como alguém incapaz de se autoanalisar, embora as causas genéticas ou psíquicas dessa deficiência fossem, e permanecessem, ocultas para mim.

O jovem garçom saiu da cozinha assim que ouviu os uivos e os movimentos frenéticos da cadeira de Bertrand. Eles ecoaram por todo o salão iluminado, impoluto, praticamente vazio. Agora Bertrand, "B.", queria se desculpar, expressar seu arrependimento pelo punho violento, mas cada tentativa dele de fazer o certo ou o normal era mais desatinada, mais desastrosa, como uma raposa tentando imitar os gestos de um pombo, batendo as asas que não tem. Ele começou a acariciar a minha mão machucada, de um jeito pegajoso mas calculado, e sobretudo esperançoso. Ele segurou o meu dedo mindinho, inchado e avermelhado, e deslizou o seu dedo do meu ossinho do meio até a unha, primeiro devagar, depois cada vez mais rápido, olhando nos meus olhos para ver a minha reação, para encontrar neles, acho, sua redenção. O garçom já estava quase ao meu lado, eu o via em seu uniforme escuro com o canto do olho, mas ele não ousou chegar mais perto.

A companhia, a simples presença de muitos seres, é insuportável, não apenas para Bertrand. Basta intuir uma existência interior, uma luta não resolvida no olhar, nas caretas, no toque de alguém, para que sua presença se torne um inferno, uma guerra involuntária e imprevista. Não é necessário que nos ataquem, que seu comportamento evidencie o que, ao nos olhar, eles revelam sem sequer se mexerem. Estou entre os que renunciam à luta num dia e no outro se lançam ao campo sem espada nem escudo. O inimigo é insuportável quando se parece com nós mesmos, e é por isso que os campos de batalha foram inventados: eles legitimam a autodestruição. Acho que você sabe disso, mas escrevo para dizer que também sei.

— Bert.

A sua voz masculina, sem afetação.

A voz de Sonya não interrompeu o comportamento nervoso, epiléptico, de Bertrand, que agora era "Bert".

Andrew e meu pai tinham parado de falar da travessura planejada para a cerimônia, e mesmo assim não intervieram. No campo de batalha, mais perturbador do que a loucura e a violência de seres como Bertrand é a postura dos homens calmos, graciosos, supostamente cordatos. Andrew olhou para sua mulher como se só ela pudesse, ou devesse, fazer alguma coisa. E meu pai olhou para mim, da mesma forma. A impotência, a incompetência, a inocência: o que as separa, como julgar uma e não a outra, qual é qual. Embora você e eu — você sabe — corramos quando nos atiram essas palavras. Ficamos em silêncio quando as nossas brotam.

E se fosse *incapacidade*? A incapacidade de agir em prol do que ele intuía, acreditava ou amava não era apenas uma característica da doença de meu pai quando ela chegou. A vontade fraca, também dos seres saudáveis: um vírus incurável, um mal degenerativo. Não há mérito em provocar surpresa, nem mesmo êxtase e felicidade. O que nos mede como seres — porque nos diferencia de raposas, coelhos, pombos — é até que ponto aliviamos o sofrimento, como o enfrentamos, se vamos à guerra pelos outros — por Bertrand — esquecendo o escudo que nos protege e de fato nos separa daqueles que dizemos amar. Amar não é amar o outro: é sê-lo.

A manhã terminou assim: todos protegidos menos Bertrand e eu, louça quebrada e talheres pelo chão, convulsões que chacoalharam a mesa. Talvez o garçom tenha imaginado que o tremor dos membros de Bertrand provocaria isso, e por essa razão se aproximou lentamente de nós: para que, como "clientes estrela", nos sentíssemos o menos culpados possível de nossa culpa. Sei que é assim que as coisas funcionam para as pessoas como os Kopp e seus acompanhantes. Que isso faz parte de sua atração fatal: ao seu lado nada nos pesa, ao seu lado estamos isentos. Adoravelmente desajeitados, no máximo.

Sonya. Eu me recusei, mesmo então, a aceitar meu ressentimento em relação a você. Era o germe, também violento, do meu amor. E o desdém que você dirigiu silenciosamente a mim: era o germe de outra coisa, também.

Nada é tão misterioso. Estou convencida — escrevo deste modo, assertivo e categórico, para imaginar que compreendo o ambíguo e o duvidoso —, estou convencida de que Sonya me odiava porque se via refletida em mim. Ela me reconhecia como uma igual, assim como eu a ela, e ao mesmo tempo diferente em certos pontos cruciais como o caráter, a idade ou a ignorância que ela gostaria de compartilhar comigo. Gostaria de me arrastar com ela ao inferno, ao deserto de onde, no final, veríamos tudo. Ela abrigava um triste conhecimento que ainda não tinha me nublado, ainda não. Aquela hostilidade que me atirou feito uma pedrinha — uma pedra que não me alcançaria mais, eu, que voltaria para Madri com meu pai — revelava que para ela *não dava tudo na mesma*, como se empenhava em fingir, erguendo as sobrancelhas diante de pratos quebrados e de seu filho ao mesmo tempo contido e fora de si.

Ela se aproximou dele e sussurrou alguma coisa.

— Sinto muito — disse Bertrand. Ele me encarou como se pudesse se expressar de modo direto, com calma e normalidade. Repetiu sílaba por sílaba, como um robô, o que Sonya havia soletrado em seu ouvido: *Sin-to mui-to*. E então ela, Sonya, quando Bertrand conseguiu dizer o que ele não havia planejado, mas que todos nós, inclusive ele, precisávamos ouvir, sorriu para mim. Me mostrou seus dentes, melhor dizendo.

Mas eu não senti a conciliação que eles queriam — quem queria? — incutir em mim. Bertrand soltou meus dedos. Agora não só meu mindinho estava machucado mas também todo os outros dedos da mão direita. Bertrand os havia segurado durante suas convulsões. Senti uma fúria estranha, contra ninguém em particular, e quando me levantei da mesa para ir embora arrastei com o sapato grande parte da toalha de mesa e os pratos e xícaras por beber. Diante do desastre, e das reações e sobressaltos dos Kopp e de meu pai, Bertrand abandonou sua calma artificial, também induzida, e voltou a gesticular e a falar como um macaco excitado que quer interagir com as emoções e a exaltação que vê nos demais, do outro lado da jaula.

Sonya se levantou de repente. Com a intenção de levá-lo embora, frustrada mas decidida pela primeira vez. O garçom — eu vi em suas bochechas — não esperava tamanha destruição, tanta falta de jeito, mas agora, como ele parecia empenhado em manter a cortesia inicial, seu sorriso deveria continuar nos desculpando. As crianças da mesa da família gritaram e pediram aos pais que olhassem para nós; os pais pediram silêncio sem conseguir evitar nos olhar. E a última coisa que ouvi foi Andrew dizendo a meu pai:

— Às vezes... tenho a impressão de que o coitado dá um showzinho assim que vê alguém roubar os holofotes. Não suporta ver que vocês estão me ouvindo e que ele não é mais o centro das atenções.

Meu pai recolheu sua xícara do chão e olhou dentro dela, como se buscasse ali alguma resposta, e riu com a careta de quando queria fazer o seu interlocutor se sentir bem, à vontade, ainda que internamente pensasse algo diferente — oposto — ao que dizia:

— Tudo bem, tudo bem. Isso acontece com todos os artistas, certo?

Uma vez fora do restaurante, no saguão do hotel, Sonya indicou para mim onde estavam os banheiros do térreo.

— Essas manchas de café vão sair com um pouco de sabão — disse ela, me tocando pela primeira vez.

Eu só queria subir para o quarto, ficar sozinha, provavelmente chorar. Chorar por quê? Mas Sonya não iria permitir que eu entrasse no elevador com eles, queria me manter no banheiro enquanto Bertrand e ela subiam, desapareciam. Em qual quarto? Mais tarde eu perguntaria na recepção. Agora, mais uma vez, obedeci. Do restaurante, voltaram a ecoar as risadas dos homens à mesa: Andrew devia estar terminando de contar a meu pai seu plano diretor.

Minha curiosidade se dividia entre o que eles diziam, o que acontecia no elevador que fechava suas portas e algo que se desenhava, em círculos, dentro de mim. Este último, o mais próximo e acessível, era na realidade o mais remoto. A escavação selvagem, subterrânea.

III

Ele não demorou a voltar ao nosso quarto naquela noite, meu pai, depois de passar o dia com Andrew.

    Eu tinha ficado escrevendo, mais calma que triste. Esqueci o ocorrido, estava completamente tomada por outras pessoas e lugares. E vi que a minha mão estava funcionando como sempre, que Bertrand, o duende Kopp, não tinha lesionado os meus dedos apesar de tudo. Minha raiva passou, gradualmente, à medida que a história tomava forma. Depois de um tempo comecei a vasculhar minha mala: queria escolher o que vestiria no dia seguinte, na cerimônia. Peguei as duas opções que eu tinha trazido e as coloquei sobre a cama feita, esticada, sem uma única ruga. Me despi e experimentei a primeira: um vestido preto longo e sem mangas, transparente no decote e dos joelhos aos tornozelos. Me despi novamente e fiquei de calcinha, o vestido estendido na cama. Em vez de experimentar o segundo, fiquei parada em frente ao espelho, dura. Com curiosidade, como começara a fazer alguns meses antes: olhando para um ser estranho, nem sempre familiar. Como um gato, me aproximei do meu reflexo, como se fosse de outra: outra que, contudo, eu possuía e dirigia. Dirigia, eu? Pergunto por via das dúvidas, mas acho que não. Examinei meus olhos, o conjunto do meu rosto. Mas *seus* ombros macios e esbeltos, *seus* seios brancos, duas gotas grandes e geladas, *suas* mãos cheias de dedos que respondiam a cada um dos meus desejos. Sonya. Não, Bertrand.

Bertrand: uma ideia recorrente quando eu era nova, mais nova do que então, uma menina, era que eu não me importaria em ficar muda ou paralítica, em ser acometida por alguma doença que me deixasse física ou socialmente incapacitada. Os doentes reorganizam seu mundo, eu pensava, vivem-no de um modo próprio e impenetrável, seu corpo é um segredo do qual emerge a única coisa verdadeira: o que não pode ser dito. Nós, os saudáveis, apenas quando mancamos ou pegamos uma gripe forte nos perguntamos o que é andar, como se respira. Como falar sem sentir dor e sem ferir, o que o silêncio e o amor têm a ver um com o outro. Adoecer significava repensar, reaprender tudo: viver contra uma resistência. A resistência: a única coisa que ensina a viver.

E quando quebrei o pulso, anos atrás, não consegui segurar uma caneta por meses. Desde então tomo muito cuidado com as mãos. O resto — a fala, o movimento, até o juízo — não me importava, não me importa.

Bertrand: seu delito involuntário contra os meus dedos, como se você soubesse o que estava fazendo, como me machucar mais, e também soubesse que, sendo membros insignificantes e pequenos, os dedos, eu não poderia reclamar de um aperto ou uma pancada na mão, ao contrário do rosto, dos ombros, dos seios.

O fato de minha imaginação estar povoada, nublada por imagens de Sonya — não, de Bertrand — enquanto eu observava meu corpo nu no espelho: isso não me alarmou. Não me envergonhou nem me causou estranhamento até meu pai irromper no quarto; percebi então o que estava fazendo, que no meu palco interior eu condenava Bertrand tanto quanto desejava vê-lo, tocá-lo, compreender sua vida. Eu queria culpá-lo para ver sua reação, violentá-lo para amá-lo sem sentir sua submissão: a minha. Abria-se a porta do quarto com um cartão silencioso, sem o barulho de chaves que me dariam tempo de me vestir ou sair daquela outra estância, íntima e remota. Quase morri de susto ao ver o meu pai, de repente, atrás de mim no imenso espelho, que ocupava toda a parede.

— Não vi nada, não vi nada!

Ele recuou até a porta com as mãos sobre os olhos, teatral. Ficou do lado de fora, no corredor. Gritei alguma coisa para ele, já rindo, e me vesti sem muita pressa.

— Pronto. Pode entrar.

Quando ele voltou eu já estava com o vestido preto e transparente. Ele me olhou de cima a baixo, como se não me reconhecesse, apesar de o ter mostrado na noite anterior à nossa viagem para o norte. Agora, além disso, ele me examinava de tal modo que *eu* também não o reconheci: não havia um pai ali comigo, mas um homem. Um homem qualquer, aliás, como centenas e milhares: um coelho com calça e camisa. Ele mesmo — meu pai, não o homem — se deu conta, seus olhos se transformaram naqueles que eu conhecia e amava, ele foi até a janela fingindo-se de zambeta, se pôs a procurar alguma coisa na mesinha de cabeceira, o cigarro, suponho, parou de olhar para mim, tentou não olhar para mim; se começamos a conversar, foi sem contato visual.

Quando sua doença chegou — não sei por que continuo a mencioná-la: talvez, como disse, porque essa foi a nossa última viagem juntos antes que ela, intrusa, mudasse tudo —, quando a doença veio — uma doença que eu desconhecia, e que já não podia idealizar como uma menina ignorante, fantasiosa, alegre —, quando ela chegou, abriu a porta e varreu essa autoconsciência, essa autocensura que nos torna seres decentes, cuidadosos. Mas naquele momento, como eu disse, ele ainda era ele. Passamos apenas alguns dias com os Kopp. Não, não sei. Talvez tudo seja incipiente e invisível no homem saudável, inocente ou jovem. Na verdade acho que não, mas quando me rendo e sucumbo, digo a mim mesma: o doente, assim como o perverso, está sempre presente, calado, esperando ser convocado, chamado à cena, irromper, se revelar. Repito que não acredito nisso, mas escrevo por precaução.

— Ficou incrível em você — disse ele depois de um tempo. Ele fez um som engraçado com a boca, com os lábios, como se tivesse acabado de comer algo delicioso. — Mas talvez seja demais.

— Demais para quê?

— Para *quem*. Mas ficou ótimo em você. E por um lado você já está crescidinha. Apenas tenha cuidado.

Minha personalidade começava a se expressar como um mausoléu cristão, não como suas pirâmides egípcias, labirínticas. Eu não sugeria, não insinuava, por isso me achava no direito de rejeitar o sugerido, o insinuado:

— Você sempre me pede para ter cuidado com certas coisas, que eu as tema ou dissimule, em vez de enfrentá-las. E eu não gosto quando você me olha assim, com pena.

Pena não era a palavra, mas não encontrei outra melhor. Para minha surpresa, ele não se surpreendeu. Seus olhos de madeira se estreitaram, doces.

— Parte do ofício paterno é temer por seus filhos, ser mais covarde e menos digno, tenho certeza que você vai entender quando for.

— Eu nunca vou ser *pai*.

— É verdade. Quando você for mãe. Seu moralismo se esvaziará e você só vai querer protegê-los, seus filhos.

— Não — rebati. E sorri ao olhar para ele, porque acima tudo gostávamos de pegar um ao outro desprevenidos, dizer algo que o outro, confiante em seu discurso, não esperava. Mesmo assim eu evitava especular, filosofar com ele. Me recusava a tratá-lo como um *interlocutor*, e a ser tratada por ele como uma *boa aluna*. Falar do concreto era sempre mais produtivo. Ele sabia disso.

— Me explica qual é a dos Kopp. De onde saiu esse filho, Bertrand? Ele é adotado?

— Como assim de onde saiu?

— E por que o Andrew disse ontem que talvez você fosse capaz de acalmá-lo? Ele veio atrás de você aqui no quarto, enquanto você dormia, para que você pudesse intervir no caos. Ele queria *você*.

Ele se deitou na cama, numa posição que parecia desconfortável. Tirou os sapatos. Eu me joguei ao lado dele, com vestido, sapatos e tudo. Notei como ele pensava e mexia os cantos dos lábios involuntariamente, ele sempre fazia isso antes de falar sobre algo que, se não fosse a minha insistência, ele não falaria. Ele ficou girando o maço de cigarros com uma só mão.

— O filho... tem uma espécie de fixação comigo. Por alguma razão, sempre que estou com eles, o filho se comporta. A última vez que estive com os Kopp foi em Londres e aconteceu uma confusão parecida. Constatamos que se eu lhe desse atenção, ou, bem, se fingisse estar interessado nele, ele se comportava.

— Ele não está exatamente *se comportando*.

Ouvi desprezo em minha voz ao mencionar isso. Eu não queria mais saber de Bertrand, tudo que vinha dele — aparentemente de modo impensado, dissociado, impossível de culpar —, tudo me parecia uma agressão, senão dele, daqueles que deveriam cuidar dele. Falei desse jeito para o meu pai. Nós nos sentíamos de maneiras distintas em relação a quase tudo: podíamos viver a mesma coisa e experimentar o oposto, compartilhar uma situação, uma casa, um gramado, e depois contar histórias incomparáveis: a da erva daninha e a do coelho. Mas algo comum permitia que nos ouvíssemos, nos entendêssemos. Nada me impedia de dizer a ele o que eu via. Ele assentiu:

— Achei que você tivesse notado, mas *desculpe* se não foi assim... Não sei exatamente qual é o distúrbio do filho de Sonya. Sempre supus que fosse algum tipo de afasia, um autismo agravado com o passar dos anos, ou uma forte síndrome de Tourette. Ou algo não diagnosticável, uma doença rara. Conheço Andrew e Sonya há quase trinta anos. E, toda vez que me ocorre perguntar sobre isso, eles mudam de assunto, ou fingem não reconhecer a situação: o filho. É muito incômodo colocar em palavras, e perguntar, algo que eles mesmos ignoram, ou escondem, sabe-se lá por que razão. Então, com o tempo, parei de perguntar. Com os bons amigos, e Andrew é um desses, você aprende a respeitar as barreiras, a esquecer o que não entende. Acho, aliás, que Bertrand é filho só de Sonya, de seu primeiro ou segundo casamento. Embora Andrew o trate como um filho.

— Andrew não o trata como um filho — protestei.

— Estou me referindo a ele o chamar de filho. Eles dizem que é filho dos dois. Já não sei o que é verdade. Eu falei que o Andrew mente com muita frequência.

— Por quê?

Minha pergunta não era essa. Eu me perguntava, na verdade, por que meu pai não se *importava* com as mentiras. Por que era tão amigo de um homem que ele descrevia, aberta e repetidamente, como um mentiroso compulsivo. Mas nessa hora alguém bateu na porta, e meu pai se assustou e olhou para mim como se estivéssemos fazendo algo errado, como se tivessem nos ouvido e isso fosse uma catástrofe. Ele se levantou ao ver que eu não reagia. Mudou de expressão deliberadamente. Suas comissuras endureceram, obedientes, e ele abriu a porta com um "Sim?" impostado.

Não vi quem era, mas ouvi que chamava meu pai de senhor, e que ele respondia com a voz entre romântica e condescendente reservada aos criados.

Após uma rápida troca de palavras, ele fechou a porta e voltou para sua posição desconfortável na cama.

— Quem era?

— Nada, nada. Queriam lembrar a hora e o local onde vão nos buscar amanhã, para irmos ao teatro com os Kopp. Achava que para essas coisas eles ligariam para o quarto, em vez de interromper.

Ninguém havia interrompido nada. E o tom esnobe em sua voz contrastava com a gentileza sedutora que ele demonstrava diante dos empregados, mesmo em casa, em Madri. Eu me surpreendia com seu jeito de conversar, sorrir magnanimamente, agradecer com ênfase excessiva às faxineiras, aos garçons, aos taxistas: eram apenas pessoas fazendo seu trabalho, como ele na universidade, nada mais, nada menos. Ele agia assim de boa-fé, e por uma espécie de consciência pesada, eu sei porque conheço seu coração. Mas também com compaixão mal calibrada, e com *hipocrisia*, no fim das contas. Ninguém havia interrompido nada. Depois ele teorizava sobre aqueles que agiam com "desinibida consciência de classe alta", como muitos de seus amigos, mas talvez eles fossem mais honestos que suas artimanhas dissimuladas. Não sei, e isso também não importa.

Ele olhou para mim novamente como se agora a barra estivesse limpa:

— A questão é que, como você viu, Sonya e Andrew..., eles mesmos..., são um tanto *especiais*. Acho que esse é o ponto: como eles pertencem a uma espécie de *high society* britânica, transformaram o filho deficiente em filho artista. Eles o apresentam como tal, você viu. Não me olhe assim! — disse ele, incapaz de segurar o riso diante da minha risada debochada, destinada, na verdade, a fazê-lo rir também. — É tudo muito estranho, não posso negar, mas já estou acostumado. Se importa se eu fumar?

Ele acendeu o cigarro sem sequer abrir a janela. Eu estava intrigada demais com sua explicação, não resmunguei e ri novamente, em silêncio, pelo fato de ele *me perguntar* se podia fumar: ele nunca perguntava isso a ninguém.

— Eu devia ter dito que Bertrand viria com eles, mas não me lembrei. E o mais surpreendente é o seguinte: o garoto, enfim, o homem, tem certo talento para a escultura. Eu não conseguia acreditar, obviamente, assim como também não acredito que ele seja casado, até que vi seu... ateliê, em Londres. Tem esculturas muito particulares. Estão em um galpão que pertence à família dela, de Sonya. Lembro perfeitamente que também fiquei sem resposta quando perguntei onde ele expunha as esculturas. Mas que elas existem, que são criadas naquele galpão nos arredores de Londres, isso eu posso garantir. Não posso garantir que sejam *dele*, mas sim que estavam lá e que, de certa forma, pertenciam a ele. Não sei você, mas eu acho que, se *não prestarmos muita atenção*, Bertrand pode passar por um artista. Artista multidisciplinar, *performer*, conferencista, qualquer uma dessas categorias imprecisas que não significam nada. Quando ele fala, seu discurso é ininteligível demais, mas ainda assim *parece* um discurso. Como de outro mundo. E isso..., isso é algo que os doentes e os artistas compartilham, dependendo de como se olha, não?

As cinzas estavam pendendo de seu cigarro e ameaçando cair, mas ele as salvou bem a tempo. Eu o escutava com tanta atenção que não fiquei angustiada com as cinzas e o cigarro tão perto dos lençóis. Pelo movimento de seus olhos, agora, soube que aquela última reflexão — sobre a doença e a arte — tinha sido um pensamento espontâneo, nascido no momento em que ele falava, ainda que parecesse uma conclusão premeditada. E acrescentou:

— De fato, sim, Bertrand só se passa por artista se você *não* prestar muita atenção nele. Se você olhar bem para ele, fica evidente que... Caramba, para mim ele parece. Não?

— O quê?

— Que é um anormal perdido.

— Sim — respondi.

— Sim... — repetiu ele, olhando para mim com os olhos arregalados e um sorriso contido, como se dissesse uma verdade impronunciável, e com uma careta alerta, consciente, consciente de nossa mútua falta de complexos com as palavras que não devem ser usadas. — Mas suas esculturas, se é que eram suas, não eram ruins. Talvez seja... "arte como terapia", como cura alternativa, essas coisas, sei lá, Virginia, e os Kopp nunca se pronunciarão. A grande sorte de Andrew e Sonya, e o que eles exploram, é que suas vidas ociosas consistem *precisamente* em que ninguém preste muita atenção em nada. Tudo se olha, nada se vê. E, assim, Bertrand passa por um virtuoso insuportável, tão profundo e iluminado que ninguém o compreende. Assim não precisam escondê-lo. Eles o usam. É...

— Não! É como um papagaio! Como um hipopótamo de circo que arrota!

Ele deu uma risada e se engasgou, sendo obrigado a se deitar de uma maneira menos complicada, com o torso e a barriga para cima. Eu quis fazer uma piada, descontrair a situação, mas na verdade a minha curiosidade séria e profunda aumentou enquanto ele falava. Por que eles preferiam fazer isso, os Kopp, a cuidar de seu filho com as medidas usuais, convencionais? Cooperação familiar, medicação, acordos e compromissos: o que fosse necessário para ajudar Bertrand a viver, para incluí-lo na vida da maneira que seu corpo e sua mente permitissem. Talvez então — se as pessoas se acostumassem com *ele*, em vez de colocá-lo no meio de seres como *nós* —, ele não fosse irritante, nem inoportuno, nem maligno. Bertrand, dependendo do que dissesse ou de como se movesse, *parecia maligno*, mas isso era impossível. Quem observasse a situação com atenção, veria que os Kopp provocavam o sofrimento dele e de nós que os cercávamos e precisávamos lidar com um ser que não sabíamos exatamente como tratar. E se ele não era como nós, era intelectualmente inferior ou superior em espírito? Somente quando explicitamos as diferenças podemos nos tratar como iguais; até lá, tudo é sequestrado pela ambivalência. Mas eu não disse nada disso para o meu pai. Sabia que seria inútil estender a conversa. Eu poderia arrancar dele uma ou duas observações sinceras, mas o resto seria inconsequente, preconceitos inconscientes, me deixaria frustrada e com vontade de nunca mais confiar a ele as minhas ideias, meus medos. Daí o humor que tingia tudo. E é por isso que digo que éramos amigos. Éramos, um para o outro, companhia, afeto, boas e frágeis intenções: nem salvação paterna, nem devoção filial, nada divino, nada total. Eu realmente não sei por que esperamos este último. A primeira é a única viável.

Além disso, eu não tinha na época, mas agora tenho a resposta que sequer pedi. Reinventar, transformar a doença em *outra coisa* é a única maneira de lidar com ela: com o colapso da vida e a identidade que representa. Sei disso em primeira mão, porque ninguém quis olhar para *ele*, meu pai, meu amigo, meu amor, quando ele adoeceu. Vê-lo como o ser baboso, alienígena que de repente se tornou. Seus olhos perdidos, aqui, comigo, mas distantes e desligados como nunca antes, sem a menor consciência de seu apagão. Era como olhar para a morte: intrusa, intrusa no ser solar, risonho, coelhal dos meus dias com os Kopp. Até eu evitava olhar para ele, mas não conseguia: como permanecer a seu lado enquanto ele morria, mas, sobretudo, *como não* o assistir morrer? Descrever seu declínio, fotografar seu rosto, ao mesmo tempo alheio e próprio. E mesmo quando conseguia me arrancar do seu lado, eu, erva daninha de seu gramado, e me despejar em outro mundo — um mundo saudável, limpo, branco —, transferia seus traços físicos, linguísticos, dementes para meus personagens. Escrevia sobre seres fantásticos, estranhos: outros seres que eram ele. A negação, a permuta, às vezes é a concessão do que é negado. Eu o transformei em outra coisa para não perecer, eu e ele, diante de seus olhos vazios, seu corpo e suas costelas de chacal egípcio, moribundo, sua fala circular e incompreensível. Desejei que ele existisse de outro modo, concreto como antes, como nos meus dias com os Kopp, por exemplo. Mas também não sei se, quando vemos as coisas como elas são, vemos realmente o que existe, ou apenas o que precisamos ver, a saúde, e não a doença que subjaz tudo o que é são. Digo que não acredito, mas quando me rendo e sucumbo, penso: o doente, assim como o perverso, está sempre presente, silencioso, esperando ser chamado à cena, irromper, se revelar, emergir do prado feliz.

Anos se passaram, porém, anos felizes, até essas que essas disquisições fossem apresentadas. Hoje, os dias no norte, com os Kopp, pertencem ao *antes*, a uma vida passada. Eu a invoco sem ilusão de recuperá-la. No norte, no nosso quarto de hotel, roubei-lhe um cigarro e disse:

— Mas Sonya não é médica?

— Ela é psiquiatra, sim. Virginia, eu sei, é estranhíssimo.

Alguém chame um médico de verdade, pensei. Que mandem embora os psiquiatras, filósofos, historiadores.

— E não é pior, para ele, essa identidade inventada? Você acha que ele *acredita* nela? Ele me falou de suas esculturas como se... Ele disse algo sobre uma mostra ou uma exposição no Afeganistão. Mas existe realmente...

— Não sei no que ele *acredita*, ou em que sentido as pessoas como Bertrand *acreditam*, Virgi.

— Mas é ridículo — insisti, e notei mais uma vez a raiva crescendo em minha voz: agora eu queria justificar, defender Bertrand com minha voz que era minha espada e que eu às vezes empunhava ao contrário. Além disso, mesmo quando decidíamos resolver uma questão, e sabendo que não iríamos chegar a nenhuma conclusão, e sim expor todas as nossas impressões contrárias, eu *gostava* de conversar com meu pai, e ele comigo, de dar voltas em torno do mesmo assunto.

Insisti:

— Ele se faz de bobo, e isso sim *é* consciente, mas parece incapaz de sair do papel que Andrew e Sonya lhe atribuem. Eu vi hoje de manhã, no restaurante, quando ele quase arrancou o meu dedo — lembrei-o, e sacudi minha mão na frente dele, meu dedo laranja de mercurocromo. — Ele estava morrendo de vergonha, o coitado, tinha consciência de sua inépcia mas também de precisar manter o personagem, e uma identidade que não é a dele. E o que é pior: sei que ele queria me dizer alguma coisa, se desculpar de alguma maneira, mas não sabia como. Seria mais honesto, mais prático, mais *confortável* para todos, agirmos com naturalidade diante de seja lá o que o Bertrand tem. Então deixaria de ser um problema, se buscariam os meios para... Ele queria expressar alguma coisa, mas não sabia como falar — repeti.

Mostrei a ele mais uma vez o meu dedo-bola alaranjado, que ele ficara olhando com curiosidade. Parecia pior do que de manhã. Ele deu outra tragada e acariciou o meu dedo, tocando-o como um piano, e então sorriu, como se o tema fosse menos sério do que eu achava. Ou como se a vida dos outros fosse assunto apenas dos outros, e nossa obrigação fosse inventar um piano e ignorá-la, e minha fixação pelo filho dos Kopp fosse tão terna quanto descabida. Parei de falar, porque pressenti outra piada, talvez justificada, sobre meu moralismo.

— Nem Andrew nem Sonya são exatamente *honestos* ou *práticos*, Virgi. Principalmente Sonya. Sonya é esquiva demais, você não acha? Confesso que nunca gostei muito dela.

Penso em como eu descreveria Sonya. Talvez com o mesmo adjetivo — ou *taciturna,* se não *esquiva* —, mas com um tom, uma conotação diferente. E, sim, ela me parecia honesta, embora eu não tenha evidências ou palavras suas para provar isso aqui, e não vou inventá-las agora. Algo me dizia, no entanto, que Sonya não estava totalmente à vontade com aquela farsa familiar, nem com a forma como ignoravam e celebravam seu filho, embora já estivesse acostumada. Talvez, no início, tudo tenha sido ideia exclusiva de Andrew. Mas que início? O nascimento de Bertrand? O primeiro divórcio de Sonya? O casamento dos Kopp?

Já disse isso antes e repito: por mais que no fundo eu duvidasse das intenções daquele casal, não tive dúvidas quanto a me beneficiar de tudo o que significava estar com eles. E que também não se entenda mal a palavra *beneficiar*. Me refiro a não ter resistido, não ter recusado nenhuma das coisas divertidas ou úteis que extraí daqueles encontros. Eu observava com paixão o demente, o deforme, até mesmo o cruel. E meu pai me guiava com framboesas e diamantes até a boca do lobo — ou do louco —, eu comia as framboesas e exibia os diamantes com toda a dignidade e indolência possíveis em um desfile de dentes brancos e afiados, sobre várias línguas que eram uma só, bela e feroz. Viver com ele me obrigava a ver menos do que eu via: a falar, conversar, até escrever para dissimular minha leveza fingida, meu amor repleto de nojo. Meu nojo, melhor dizendo, repleto de amor. Com obediência, demonstrei a tolerância geral que ele exigia de mim, exceto em momentos, como aquela noite, quando ele estava desprevenido por ter tomado duas ou três cubas-libres com Andrew durante a tarde. Por isso conversávamos. Ele sabia que eu era diferente — ele *gostava* que fosse assim —, que não aceitava o que me magoava, que a melhor atriz é aquela que finge respeitar — sem obedecer por um segundo — o diretor: apesar de ter sido treinada, como disse, na diplomacia, eu não fingiria mais gentileza ou sedução diante de seres selvagens, mas ele aproveitava para incutir em mim, enquanto podia, essa dissimulação social, certamente porque sabia, pressentia, que minha inocência não duraria para sempre, que logo acabaria. Quando ele se levantou da cama para ir ao banheiro, o cheiro de álcool se espalhou pelo quarto. Ele cambaleou no escuro. Nós dois rimos com a garganta e ouvi, vindo de dentro do banheiro, o som do aquecedor. Devo ter adormecido em seguida porque não me lembro de ter aberto a janela para expulsar a fumaça, nem de darmos boa-noite um ao outro, e acordei com o lençol que ele deve ter jogado sobre mim.

IV

Os sonhos daquela noite combinaram imagens dos Kopp, da alameda, dos nenúfares, da rua tão mal iluminada do hotel, do bar do saguão onde os dois amigos — Andrew e meu pai — compartilhavam uma luz tênue, avermelhada. Não entendo como pude sonhar com uma situação em que não estava presente, por que assisti às cenas em que eu não era personagem. Se pudesse recuperar o que aconteceu no sonho, eu o narraria. Mas não consigo desenterrá-lo.

 E por volta de uma da manhã eu acordei. Estava sozinha, deveria ter me levantado para escrever o que tinha visto, mas algo me prendeu à cama, ao lençol iluminado por uma terceira luz, a da lua, que me dominava porque sabia que eu queria ser dominada. O lençol hospitalar, o lençol da minha casa, e me pergunto que lençol a cobria, você, que dormia dois andares acima, enquanto seu marido e meu pai fugiam do sono. Os sonhos os alcançavam, os seus e os meus, disso eles nunca souberam e é melhor assim.

 O sol devolve a calma, destrói a ambiguidade, se for branco. Meu pai se vestia com certa pressa, de manhã. Não estávamos atrasados para nenhum compromisso, mas pretendíamos levar a cabo a incursão matinal, e totalmente desnecessária, no teatro: a brilhante proposta de Andrew Kopp.

— Você está com uma cara feia — disse meu pai.
— Obrigada. — Entrei em seu abraço. — Não estou muito no clima para essa palhaçada. Não dormi bem.
— Espero não ter te acordado. Ontem eu saí de novo para fumar e conversar com Andrew, quando você adormeceu. E você está se referindo à história do filho? Já disse que eu também não sei muito bem o que está acontecendo. Mas é melhor não interferir, Virgi. Esqueça isso, e não se exponha. Combinado?
— Não. Estou me referindo à pegadinha de *hoje*: por que Andrew quer zombar dos reis? São eles que vão entregar o prêmio, a distinção acadêmica, certo? Além disso, indo direto ao ponto: já não basta o pacote do filho?

Meu pai desacelerou a estranha manobra com que abotoava a camisa, e sorriu como se algo na minha insistência não o desagradasse:

— A pose antimonárquica de Andrew não me surpreende mais. Embora ainda me pareça muito curiosa, antropologicamente — disse ele, com familiar ironia na última palavra: ele nunca usava grandes palavras sem ridicularizá-las. — Isso está mais ou menos institucionalizado na Inglaterra. O sistema precisa de opositores glamourosos. Eles o teorizam, o "criticam", e assim o dignificam e o promovem, de certa maneira.

Isso explicava, em primeiro lugar, por que uma instituição acadêmica (financiada, em grande parte, pelo Estado) decidira premiar a figura controversa e pseudorrebelde que era Andrew Kopp, e também por que — isso foi o que mais estranhei nas notícias, quando ainda estava em Madri — ele tinha aceitado o prêmio em vez de recusá-lo e se proclamar contra o poder político espanhol ou o monárquico, sendo os reis quem, simbolicamente, lhe entregariam o prêmio naquele fevereiro. Ele tinha agradecido, feito algum comentário provocador ou sarcástico sobre os Estados "que ainda não são republicanos", e viajado com sua mulher e seu filho — ou enteado, ou filho adotado, ou filho inventado — para o norte da Espanha. "Com a única condição de que Juan concordasse em vir também, e que organizássemos o dia conforme a nossa vontade, nenhum compromisso além do estritamente necessário", ele dissera.

— Sério mesmo, se eu não pudesse te encontrar nesta viagem teria ficado tranquilamente em Londres — disse Andrew a meu pai quando nos reunimos com eles no hall de entrada. — Estou imensamente feliz em te ver, em ver vocês. A vida é boa comigo, Juan.

Aquela expressão de plenitude estava deslocada: senti isso com uma certeza repentina. E alguma coisa tinha mudado naquela manhã, embora todos continuassem fingindo ser tão patetas quanto Bertrand. Andrew estava falando de um jeito novo, mais gracioso: mais despreocupado e independente. Como de costume, só se dirigia a meu pai. Quanto a sua mulher e seu filho, aos quais agora dava as costas, ele parecia apagá-los com aquela sua confissão de felicidade: a vida é boa *comigo*, Juan. Com eles, não sei.

O duo formado por Sonya e Bertrand não interveio. Bertrand parecia estar meio adormecido, sedado, e Sonya o segurava pelo braço, mas de maneira a aparentar, é claro, que era *ele* quem conduzia sua nobre mãe pelo braço. Pensei no que meu pai tinha dito, que as ocasiões sociais consistem precisamente em ver sem olhar, ou, melhor dizendo, em olhar, e olhar muito, *sem chegar a ver*, sem penetrar as aparências e acessar a visão. Sonya e Bertrand não teriam dificuldades em esconder o que quisessem esconder, em interpretar cada qual o seu papel.

    Apesar daquela estranha maneira de se apoiarem um no outro — sem que se saiba quem em quem, ou por quê —, Sonya e seu filho adulto, idiota, estavam muito bonitos. Suas expressões exaustas, a dela constrangida, contrastavam com os trajes elegantes. O corpo dela, alto, ainda era roliço nos quadris e nas pernas, mas isso estava disfarçado por um conjunto cinza muito vistoso, de corte reto. Com vistoso quero dizer feminino, e quando penso mais uma vez em como descrever Sonya, *feminina* não é o primeiro adjetivo que me vem à mente. A calça ampla sugeria pernas mais compridas do que as suas pernas reais, realçadas por sapatos de salto alto do mesmo cinza-escuro da blusa: uma blusa sem mangas mas de gola alta, tudo parecia galáctico e, ao mesmo tempo, apropriado, o meio-termo entre surpreendente e convencional. O blazer branco que completava o conjunto estava sobre os ombros. Nem um pingo de maquiagem. Se Sonya tinha por volta de sessenta anos, aquele visual lhe tirava dez.

    E se estou me detendo na aparência de Sonya é porque uma parte de mim resiste a admitir quem realmente me impressionou, uma impressão, aliás, inesperada: Bertrand. Ele sim parecia estar maquiado na pele em volta dos olhos, as olheiras; de repente, além de seu comportamento ambíguo — o de um deficiente, ou um gênio incompreendido, ou um homem com um distúrbio comum mas mal cuidado, ignorado pelos próprios pais —, sua *aparência* também se prestava à confusão: havia algo de andrógino nele, eu devia ter tirado uma foto dele e, de certo modo, eu a tirei. Seus olhos brilhavam, mas sem emoção perturbadora, menos cristalinos. Bertrand tinha se empetecado, ou talvez o *tivessem* empetecado (ou *tivesse* sido empetecado, no singular, por Sonya; eu não conseguia imaginar Andrew cuidando de ninguém além de si mesmo naquela manhã; talvez, inclusive, Sonya até tivesse vestido os dois). Hoje ele parecia um ser normal, tão impecável e extremamente apresentável quanto sua mãe. Suas íris eram da cor de cerâmica azulada, e seus poucos cílios flutuavam no lugar, em vez de se moverem a toda velocidade. A quietude humana, a compostura de Bertrand, me comoveu.

Observei seu corpo grande, rotundo, pela primeira vez coberto por peças de roupa formais. A camisa rosada não estava apertada mas se agarrava a amplos peitorais até então invisíveis para mim. Eu só o tinha visto com roupas desconjuntadas, com restos de tinta branca ou algum tipo de resina nos punhos da camisa. Talvez aquelas peças desalinhadas, e não apenas seu comportamento irritante, tenham avivado minha repulsa inicial por ele. Agora percebi uma vibração no corpo inteiro — uma espécie de prazer frustrado — quando ele desviou os olhos de mim, depois de me cumprimentar com eles como se nada tivesse acontecido: sem vomitar palavras, sem roubar minhas mãos, sem me machucar, e sem se certificar de que eu também tinha me vestido e maquiado para a ocasião, sem tentar adivinhar meu corpo embaixo, nu e branco, em parte confiante, em parte assustado.

Senti essa erupção de desejo como algo estranho, externo, embora viesse das minhas entranhas. Não o reconheci como próprio porque fui capaz de inibi-lo assim que afastei os meus olhos dele, como se ricocheteassem em sua nova figura, como se seu corpo fosse feito para suscitar o que suscitava, agora, em mim. Queria examinar bem as suas pernas, o tronco, os braços, o pescoço, mas mantive os olhos firmes, parados, meu estômago contraído. Era um impulso de atração inexplicável, e não porque Bertrand fosse um desconhecido, mas porque, em parte, tampouco queria conhecê-lo.

— Bonito vestido — me disse Andrew, sem resgatar seus próprios olhos. — Foi o que eu disse: uma mulher feita.

Do lado de fora, um carro comprido com os vidros escuros nos esperava. Identifiquei o sonho interior de que me sentassem ao lado de Bertrand. Eu precisava tocá-lo. Confirmar que sua pele era borracha, plástico, e não epiderme como a nossa. Não queria falar com ele, apenas me comunicar com o tato. Possuí-lo sem nenhum esforço. Espremê-lo, não ouvir suas queixas se ele gritasse. Dizer por cima de seus gritos: "Eu sou como você".

No caminho para o carro, eu me virei e sorri para Sonya e seu filho para mostrar a eles que não estava brava ou distante pelo que tinha acontecido nos dias anteriores, que estava disposta a recomeçar, a me aproximar, até, mas nenhum dos dois se alterou. Como se sequer tivesse acontecido algo pelo que eu pudesse me sentir estranha ou desconfortável com eles.

Não apenas sua nova aparência, sua indiferença idêntica, mas meu próprio sentir era estranho. Parecia que havia passado muito tempo desde a última vez que nos vimos, sentados à mesa, ou com a porta do elevador se fechando entre os dois e mim. As feridas, se existiam, estavam curadas. Ainda assim renuncio a inventar, fingir, que sei o motivo daquela mudança de aparências e afetos. A única coisa que tinha continuidade em relação ao dia anterior, e ao anterior, era que iríamos, sim, perpetrar a travessura idealizada por Andrew. Os agentes da traquinagem, no entanto, eram outros. Éramos outros.

Quando o carro parou em frente à praça do teatro — tinham me colocado no banco de trás, ao lado de papai e longe de Bertrand, que ia de copiloto e não emitiu uma única palavra durante todo o trajeto —, Andrew se sobressaltou com o motorista. De seu assento, deu um tapa abrupto no ombro dele.

— Entra por trás! Por trás!

O motorista não entendeu e Andrew, em vez de se explicar, ofereceu a alternativa de *se sentar ao volante*. O outro franziu a testa e se recusou, olhando cada um de nós, um por um, pelo retrovisor, curioso para ver que tipo de gente cercava aquele homem impulsivo. Nem tudo havia mudado: eu ainda me sentia um pouco envergonhada de fazer parte daquele grupo.

— Não. Me indica o caminho — grunhiu o motorista. — Eu dirijo.

Aquela era a primeira pessoa a não tratar Andrew como se ele fosse uma autoridade inquestionável. Andrew zombava das regras e criticava o poder porque queria suplantá-lo, sentia-se rei e soberano. O motorista não o reconheceu — e quem iria reconhecê-lo, verdade seja dita, para além da média e alta sociedade cultural —, não o reconheceu e se o tivesse reconhecido tampouco teria se deixado humilhar por ele. Hoje identifico as pessoas decentes, até mesmo admiráveis, como aquelas que não se curvam sem uma boa razão: não faltam ao respeito, não usam palavras ou ofensas desnecessárias, mas também não se deixam confundir por estupidezes de grandes aparências. Seguem seu caminho, como aquele motorista.

Quis examinar a cara do homem digno, mas a inclinação do retrovisor me mostrou somente seu queixo pontudo, recém-barbeado. Homem sem rosto. Andrew, sua cara bem visível para mim, expressou aborrecimento com a recusa e, em vez de dar as direções para que ele contornasse o teatro, nos fez descer e caminhar até a entrada dos fundos.

— É melhor que não haja testemunhas...

Piscou o olho daquela maneira tão característica. Eu sorri para ele, como sempre, porque ele buscou a minha reação. Andrew estava acostumado a prescindir de quem não o tratasse com reverência injustificada: deu a gorjeta ao motorista com uma nota de vinte e não pegou o troco. Nem Sonya nem meu pai protestaram, não o contradisseram, nem mesmo se desculparam carinhosamente. Mas estas observações, este distanciamento em relação a Andrew Kopp, pertence ao presente. À época eu era mais uma, suas maneiras também não devem ter me parecido tirânicas ou infantis apesar de sentir, naquele momento, certa vergonha alheia. E, por conta dos sapatos que eu calçava, teria preferido continuar no carro até o final, até a porta.

Do desconforto sentido nasce, meses ou anos depois, a razão da história. Eu sabia disso, e por isso não abri a boca. Também porque teria sido minoria. Descemos, seguimos Andrew e o carro deu meia-volta, em direção ao centro da cidade. Nós contornamos o imenso edifício do teatro, Sonya e eu a duras penas, lentamente, por causa de nossos saltos. Estávamos no centro antigo, e as pedras das calçadas eram irregulares, cheias de buracos, lembravam as ruas da cidade medieval onde cresci com a minha mãe. Em Madri — onde morei com meu pai a partir dos quinze — as calçadas eram mais lisas, e eu tinha me desacostumado a andar olhando para o chão. Agora, no entanto, esse conhecimento ressurgiu em mim, o costume de sempre esperar um tropeço. Graças a esse reflexo agarrei o punho de Sonya quando a ponta do seu salto ficou presa entre duas pedras. Ela deu um gritinho involuntário, meio ridículo, mas se recompôs e continuou mais discretamente. Não disse nada. Compartilhou, imitou meus movimentos dali em diante. Nunca mais estivemos a sós, mas foi o suficiente, e observei com devoção, orgulhosa, como ela levantava os pés com cuidado, pisando no meio das pedras, não nas beiradas, para não cair outra vez, não me olhar outra vez, não reconhecer que eu estava lá e ela estava comigo, então e sempre, ainda que, como eu disse, nunca mais ficássemos a sós, o toque durou um segundo e foi o suficiente.

Chegamos à entrada dos fundos do edifício alguns minutos depois dos três homens: Andrew, meu pai e Bertrand. Bertrand, visto de longe e de costas, poderia passar por um modelo ou ator sueco. E não sei como, mas eles tinham aberto o portão verde que dava para o pátio interno, ajardinado. Uma vez lá dentro, o atravessamos, parecia o jardim de um *palazzo* italiano, só que mais bem cuidado e com um ar institucional um pouco excessivo. Não eram nem nove da manhã, e tanto a rua como o interior daquele edifício múltiplo — era apenas um teatro, ou também hotel, prefeitura, algum tipo de conjunto de escritórios municipais? — pareciam desertos de vida apesar do cheiro de grama recém-cortada, os arbustos saídos do cabeleireiro, o barulho de passos, vozes, gotas. Como se tivessem acabado de arrumar o jardim um segundo antes de chegarmos e todos estivessem escondidos.

Porém — surpresa — nos deparamos com dois guardas ao passar por uma porta de acesso que, misteriosamente, Andrew conhecia. Achei que ela levaria ao coração daquela construção labiríntica — o auditório, onde seria realizada a cerimônia de premiação por volta do meio-dia —, mas entramos numa espécie de hall de entrada amplo, escuro. As paredes, como o chão, tinham uma cor alaranjada, ou cobre, só me lembro bem da sensação de calor e recolhimento e do contraste com a luz ofuscante e onipotente do lado de fora. Os guardas estavam conversando, um com as costas apoiadas na parede, o outro quase de cócoras, como se estivesse terminando de amarrar os sapatos. Os dois se calaram assim que nos viram entrar, e permaneceram assim, como se não estivesse claro quem tinha flagrado quem. Fazendo o quê? Eles olharam para nós com olhos pequenos e expectantes. Éramos um grupo inusitado, repito porque confirmei isso todas as vezes nos olhares alheios. Andrew e Sonya passavam por pessoas normais, turistas curiosos, estrangeiros perdidos e refinados (os Kopp: dependendo da situação, eles tiravam proveito de sua velhice, aparência distraída ou posição social para ignorar as regras: tudo lhes era concedido). Não posso dizer nada definitivo sobre a aparência de meu pai, porque dependendo de com quem andasse ele parecia respeitável, venerável como os Kopp, ou um bufão perdido com ambições de arlequim, como o louco e como eu. Bertrand e eu (um mudo com o cabelo cheio de gel, a outra em traje de gala às nove da manhã) destoávamos do conjunto, e não tínhamos perdão. Não éramos um bloco homogêneo, quero dizer, e tudo o que é deslocado sempre levanta suspeitas. Como numa espécie de vingança silenciosa — contra quem? —, eu queria que eles nos expulsassem de lá, o comando Kopp e meu pai e eu e o filho ou modelo ou mascote de circo que Bertrand era.

Um dos guardas, de repente, falou com Sonya como se a reconhecesse: a expressão inquisitiva tinha desaparecido de seu rosto quando nos aproximamos. Sua voz ressoou como se fosse várias, ecoando nas paredes de cobre.

— Bom dia — disse o guarda em inglês. Sonya sorriu gentilmente e retribuiu a saudação em espanhol. Os homens uniformizados baixaram a cabeça, unânimes. Andrew interveio e pediu, como se fosse uma emergência, que abrissem o auditório para deixarmos nossas coisas lá. Sonya olhou para ele prestes a dizer alguma coisa, mas Andrew se adiantou novamente:

— Nos colocaram para fora do hotel mais cedo do que de costume — inventou. — Fizeram uma confusão com as reservas de hoje que logo foi resolvida. Mas então nosso filho armou um espetáculo de última hora. Enfim, tivemos que ir embora.

O que Andrew disse era mentira, além de ser uma situação que ridicularizava seu filho. Mas o rosto de Bertrand estava inexpressivo, petrificado, como se ele já tivesse passado por isso mil vezes. Pensei no duplo sentido da palavra escolhida por Andrew, *espetáculo*: sua denotação neutra, descritiva — "o que os artistas fazem" —, e sua possível conotação negativa — "algo descabido, inapropriado, desastroso". Os guardas mencionaram que havia uma chapelaria, Andrew argumentou algo tão rebuscado quanto verossímil para refutar essa proposta e, finalmente, após entrar em contato com outra unidade de segurança, eles nos deixaram entrar no auditório. Era esse o objetivo de Andrew.

Sem dúvida eles interpretaram aquele comentário — "... nosso filho armou um espetáculo de última hora" — exatamente como Andrew pretendia: como uma confidência humorística, uma confissão íntima e com aparência realista, após a qual receberíamos seu favor e eles abririam o auditório sem fazer mais perguntas. Antes de nos deixarem sozinhos, eles nos indicaram onde seriam os nossos lugares.

À minha frente, as costas de Sonya e de seu filho. Por que senti que o caminho daquela entrada dos fundos até o auditório era o trajeto para uma cela, um lugar sem retorno, onde as almas gostariam de chegar sem saber que não voltariam? Os guardas nos acompanharam. Depois de subirmos um andar e atravessarmos uma sala enorme cheia de móveis, figurinos, biombos velhos, os guardas deixaram a porta se fechar e retumbar atrás de nós. Antes de se despedirem — seus rostos invisíveis, como o do motorista —, o auditório mal iluminado, eles nos indicaram como ir de lá para o lobby:

— O lobby é onde os convidados começarão a chegar e, claro, os reis. Os senhores chegaram muito adiantados, mas o lobby já está liberado e podem ficar lá, se quiserem. E, para sua informação, o bar abre em dez minutos.

Quando recordo aqueles dias, preciso me esforçar para fazer conexões que não fiz antes, para imaginar as visões que não alcancei à época. É por isso que reluto em escrever: quando o fizer, terei perdido alguma coisa. Perderei tudo o que acreditava e era então: e ainda amo aquela vida. Amo os seres difíceis, generosos e até fraudulentos. O som e o cheiro da adolescência que vivi entre eles são doces e frescos como a cenoura, como a grama arrancada com os dentes. Para que apressar, voluntariamente, essa derrota? Perderei o que eu pensava que as coisas eram e na verdade não são, além das possibilidades flutuantes e preferíveis que, uma vez que entramos naquele teatro, e vi o que havia no palco, se apresentaram a mim pela primeira vez como irreais, ilusórias. Em parte, escrever é capitular, enfrentar o fracasso, encará-lo com amor, acolhê-lo e acariciá-lo como se fosse a vitória inofensiva que não é, como se fosse o coelho e não o lobo. Abrigar a terrível verdade, a fera. Isso é algo extremamente nobre, digno como o samurai que não sou. Eu, ao contrário, quando penso na minha adolescência, e em você, e neles — mas quem é quem, hoje, e com quem exatamente estou falando? —, quando a rememoro, ainda quero falsificá-la, negá-la e revertê-la e esconder o que me é revelado, e não me envergonho por esse desejo, por separar a verdade da realidade, por estender um véu espesso, líquido e hipócrita, em vez de rasgar com minhas palavras as cortinas que escondem o que sei. Ainda sou, de alguma forma, a menina que descrevo. Acordar é morrer quando o sonho é agradável, quando abrange tantos anos de uma vida passada, dourada: nefasta e querida. As crianças e os sonhos devem ser aprisionados, porque eles nos abraçam por um segundo e saem correndo.

No palco do teatro havia algo coberto por uma manta escura, roxa, com franjas nas bordas. Não podia ser um piano, por suas dimensões mais verticais que horizontais. Mas tinha a forma, mais ou menos, de um triângulo isósceles.

A disposição dos assentos na plateia também era anômala. Nem todos estavam voltados para o palco, alguns estavam virados, como se na noite anterior Andrew — ou outro homem idêntico a ele — já tivesse se encarregado de desatarraxá-los, girá-los, mais uma piada de mau gosto.

    Por que aponto, sem provas, para o honorável professor Kopp? E como, com que ferramenta, uma poltrona é arrancada e fixada novamente no chão? Não tive tempo, então, de observar com atenção ou de ficar admirada, porque imediatamente chegamos à primeira fila. À medida que nos aproximávamos, a forma triangular e oculta no palco crescia, agigantava-se sem se mexer e sem falar.

    Um tecido áspero, semitransparente, revestia todos os assentos da primeira fila, indicando que eram poltronas novas ou que ninguém deveria se sentar nelas; ou para evitar, suponho, que o veludo se manchasse antes de serem ocupadas. Naquele plástico protetor estavam penduradas placas com um *R* de "Reservado", ou talvez de "Família Real".

    Andrew apontou para cinco lugares. Ao acaso, me pareceu. Mas não sei mais o que era verdade, ou *meu*, em minhas percepções.

    — São estes.

    Não consegui ver bem sua expressão, o que sugeriam suas sobrancelhas, seus dentes, apenas sua careca em êxtase tímido. A luz do teatro era mínima, um par de holofotes no máximo. Tênues, lançavam do palco uma luz branca sobre nossas cabeças. Andrew nos fez deixar nossas coisas ali: chapéus, casacos, bolsas, a minha e a de Sonya. Eu queria ficar com a minha; era pequena e carregava nela a carteira e a maquiagem. Foi a primeira vez que me ocorreu a ideia de retocar a maquiagem fora de casa, assim como de me maquiar antes de sair. Mas não chiei, todos obedeceram, e pensei que em qualquer outro momento, durante o longo tempo vago que teríamos pela frente, eu poderia escapar do grupo e ir buscá-la.

    Olhei para Bertrand para me dirigir a ele. O que eu iria lhe dizer? Eu queria dizer alguma coisa a ele, mas não consegui falar. Seu silêncio, seu bom comportamento eram contagiantes e eu também emudeci, também queria ser boa e bela e pálida como ele, e como ela. Tenho certeza de que Bertrand percebeu minha curiosidade porque pelo canto do olho me viu olhando para ele, mas permaneceu em seu inquietante papel de filho são e absolutamente calado. Quem sabe talvez Bertrand *fosse* assim, e se comportasse mais do que se enfurecia, mas minhas primeiras impressões dele tinham sido tão diferentes que não pude deixar de suspeitar daquela mudança abrupta de comportamento, de personalidade, que também se espalhava como um vírus. Procurei o que àquela altura, e ali, era a máscara espectral de Sonya. Mas ela já estava se virando, seguindo Andrew e meu pai, que pretendiam sair dali o mais rápido possível.

    Ouvi a voz familiar e discreta dele, meu pai, seguida de uma risada de Andrew. Estridente, ao longe. Antes de segui-los e sair, olhei o que ela, Sonya, tinha deixado na poltrona: uma bolsa de couro preta, seu blazer branco de astronauta. Uma espécie de nécessaire transparente despontava da bolsa e, num ato reflexo, gritei ou sussurrei para eles que já estava indo, que precisava checar se tinha trazido...

    Tirei a nécessaire da bolsa de Sonya. Não completamente. Eu não era xereta. Não era desconfiada. Mas algo, um resquício de forças passadas, me levou a puxar aquela bolsinha de toalete. O suficiente para ver que estava explodindo de compridos soltos, entre outras coisas mais previsíveis, como um espelhinho redondo, alfinetes de segurança, solução para lentes de contato, manteiga de cacau labial e máscara de cílios. E uma caixa praticamente vazia de Orfidal. Eu o reconheci imediatamente porque era o mesmo remédio que meu pai tomava para dormir à noite. Não era nenhum sonífero, mas, quando ingerido em grandes quantidades, um forte antidepressivo. Um tranquilizante que derruba a qualquer momento. Um dardo para lobos, não para coelhos. Não descartei a hipótese de que a própria Sonya tomasse aqueles comprimidos sem receita médica, ou com receita própria, como papai fazia. Mas, como mais uma das coisas que eu sabia sem saber, naquele dia os comprimidos tinham a cor de Bertrand Kopp: de sua quietude e de sua obediência.

v

Sonya é médica. Foi o que disse a mim mesma, rezei para mim mesma, vendo-os desaparecer no lobby.

Uma vez lá, a luz era outra, de novo, a luz que nos iluminava estava sempre mudando, que iluminava a nós, a vocês e a mim, ou a você e a nós. Nada a ver com a dificuldade visual do teatro. Não era preciso apertar os olhos, decifrar as sombras, imaginar o invisível. Quem decidia a iluminação?

Agora, com a luz da manhã entrando pelas vidraças e sob o amarelo adicional de cinco ou seis lustres de cristal, os Kopp pareciam inofensivos. Travessos, espertos e inofensivos. Corri até eles como se estivesse me reunindo com a minha família. O visto e o ocorrido dentro do teatro já parecia irreal, parte de um sonho; e durante aqueles dias a familiaridade e o terror se alternaram sem transições, sem justificação, revelando-se idênticos. Idênticos não, não, mas irmãos. Os candelabros, os tapetes e as poltronas me faziam lembrar de tantos outros lugares impessoais e de passagem que eu tinha visitado com meu pai, por acaso, por que não, vamos lá. A infância de que falo, mais distante quanto mais tento me aproximar dela, consistiu em ser grata por tudo, em saber que era amada e amar. Eu amava meu abandono porque não era solitário, era social. Isso foi a única coisa que não perdi: amar a partir do abandono, e amar o que já não existe, o que nunca existiu a não ser na minha necessidade, na minha força e na minha mentira amorosa. Naquele dia não foi diferente: senti uma paz repentina em relação a tudo e a todos. Calma até mesmo em relação a Bertrand, cujo vínculo comigo, após minha visão no teatro, era mais estreito, mais violento ainda. Me convenci de que seus pais não podiam ser cruéis, não poderiam lhe fazer mal, e se o feriam, seria por uma razão inevitável, não teriam alternativas ao Orfidal, a induzir a quietude e a obediência de Bertrand, que era também, como eu disse, sua beleza. A minha. Dessa infância que terminava então, guardo também um pecado capital: insisto em me convencer — a mim mesma mas também aos outros, e isso é imperdoável —, insisto que o medo não é real, que a pessoa se sobrepõe ao terror. Mentira. Reconheço e repito que minha voz não está do lado do bem, da verdade, da beleza feliz, mas sim de outra coisa. E não estou me justificando, apenas continuo falando. E quanto mais eu te amar, com certeza, mais mentirei para você.

Agora que eu observava Bertrand novamente, confirmava que ele já não era o Bertrand dos dias anteriores. Essa percepção se misturava ao que estava acontecendo, ou mudando, dentro de mim. A repulsa amordaçada, talvez a devoção, me jogaram ao lado dele. Ele estava sentado em uma poltrona, no centro do ambiente, sozinho. Andrew, Sonya e meu pai estavam importunando as garotas do cerimonial. Elas os toleravam, é claro que os toleravam. Estrategicamente, Bertrand tinha escolhido a poltrona mais solitária, mais afastada de outros sofás ou mesinhas ou bancos acolchoados. O fato de ele não querer companhia ou conversa fez com que eu me aproximasse dele com mais interesse. Eu me encostei no braço do sofá mais próximo à sua poltrona, a dois metros dele, e deslizei o sofá com meu peso até ficar quase em frente a ele. Olhar para Bertrand era como me olhar num espelho: meu reflexo, nu, dormia. Mergulhado naquele coma perfeito — o mesmo coma de meu pai meia hora depois de engolir o Orfidal, à noite, e jogar as cinzas em cima do peito —, assim, em silêncio, de repente Bertrand me pareceu de novo uma vítima. De quem exatamente, ou talvez de si mesmo, não sei. Mas ele era um mártir, sem sombra de dúvida um injustiçado, e não um agressor perigoso. A isto respondeu, sim, o amor que me precipitou no abismo:

— Onde posso ver as suas esculturas?

Ele não moveu os lábios imediatamente. Seus olhos se moveram sob as pálpebras, eu vi. E ele os abriu de leve: estavam cobertos por um véu cinza, como se tivesse catarata, ou lentes de contato estufadas, ou lágrimas imóveis. Eu me surpreendi com a minha própria pergunta, por conseguir falar com a boca cheia de ar, iniciada a queda. Não sei que cara eu fiz, mas ele também não poderia ter visto nada através daquela nuvem. Reagiu como se não tivesse me ouvido direito, apenas ouvido uma voz humana, distante, e ainda estivesse sedado demais para responder. Isso não era ruim, notei: pelo menos naquele dia as ideias e frases não estavam se amontoando em seus olhos, na boca, nas mãos trêmulas.

— Minhas esculturas? — disse ele, fechando os olhos novamente, mas com os músculos faciais já despertos, se reposicionando, se movendo involuntariamente.

Assenti com a cabeça, queria minimizar as palavras. Mas disse *sim* quando me dei conta de que ele não me via. Sua lentidão, como eu disse, era contagiante. Ele se fez de rogado de novo, e finalmente respondeu.

— No Afeganistão.

Seu tom, sua dicção eram contidos. Mas ouvi-lo dizer *Afeganistão* me transportou para aquele primeiro dia, para a manhã em que ele tinha vomitado tanta informação descoordenada e desenfreada, entre carro e carro. Ele mesmo dissera, de acordo com a locutora da rádio, que era *artífice e vítima de seu próprio acidente*. O que isso significava nesse novo cenário? Que seu estado atual era apenas mais um de seus *espetáculos*, de suas *performances*, como diria Andrew? Ainda que fosse assim, e como eu sou Bertrand, além de Sonya, sabia que, mesmo quando fazemos algo por nós mesmos, as causas, motivações e influências que nos impulsionam são, em muitos casos, externas, estranhas, o oposto de próprias. Não há muita diferença entre ser vítima ou criminoso, porque o primeiro imita o segundo: seu pai e seu deus. Assenti diante da resposta concisa de Bertrand: *Afeganistão*.

Alguns garçons começaram a andar pelo salão com bandejas. Pequenos grupos de pessoas, quase sempre casais de meia-idade ou da terceira idade, entravam pela porta da frente. Uma fila imensa estava se formando do lado de fora e enchendo a praça, exatamente onde Andrew tinha mandado o motorista sem rosto parar. Havia outra vantagem no fato de Bertrand estar meio adormecido: eu podia ficar a seu lado e ao mesmo tempo olhar em volta sem que ele se sentisse negligenciado, sem que exigisse a minha total e excessiva atenção. Vi, entre outras coisas, que um casal de cabelos identicamente grisalhos reconheceu o trio formado pelos Kopp e meu pai; eles estavam próximos a um piano fechado, que Andrew parecia estar ameaçando abrir, e se divertindo com as negativas de Sonya. Um garçom que passou entre a poltrona de Bertrand e meu sofá olhou para meu companheiro sonolento. Inclinou sua bandeja para mim, a Bertrand ele não fez nenhum gesto de oferecimento, e Bertrand tampouco o notou: ele tinha passado de hipersensível, hiper-reativo ao que acontecia à sua volta — corpos, mãos alheias, cada ínfimo movimento externo —, a não perceber nada de nada. Como se a única maneira de deter sua tendência a se envolver, entender errado e maltratar os outros consistisse em fazê-lo morrer, desligá-lo, forçar o fim de suas faculdades mentais como quem desliga um computador sobrecarregado. A minha presença ele registrava, mas não sei o que mais ele via. Ou o que via através de suas cataratas. Talvez por isso o tivessem deixado sozinho, agora, sem supervisão parental: sob o efeito dos calmantes, Bertrand não implicava perigo. Peguei duas taças da bandeja, como se uma fosse para mim e outra para Bertrand, fingindo para o garçom que Bertrand era mais um.

— Na verdade, há uma escultura aqui. Mas está escondida.

De repente Bertrand disse isso, com os olhos abertos apenas o suficiente para se certificar de que eu continuava ali, em frente a ele, e não viu que havia mais umas cinco ou seis pessoas à nossa volta, conversando umas com as outras e através de nós, bem perto, sem prestar atenção na gente, algumas sentadas no meu sofá, uma mulher constantemente roçando o cotovelo no meu rosto. Tive vontade de perguntar, através do cotovelo: *E onde está escondida essa escultura?* Mas não disse nada. Apesar de sua agradável alienação medicada, eu sabia que nenhuma informação vinda dele era confiável, verdadeira. Talvez ele acreditasse no que dizia, nesse sentido era *verdade*. E eu sei, ao menos isto eu sei: ao contrário dos outros, que conheciam a verdade, Bertrand nunca mentiu para mim mesmo sem conhecê-la. Desisti da minha pergunta. Ele sorriu como se entendesse por quê.

Mais tarde eu soube, porque o experimentei, que nos estados de exceção — como a doença, a guerra, o terror — a comunicação não é o essencial; melhor dizendo, o essencial da comunicação não é a linguagem. Usei a palavra *amor* antes, e ela é justa. Agora, vários anos antes, eu observava meu pai se mover, reagir, rir, saudável e vivo, com os Kopp ao lado do piano, apoiado com o quadril do mesmo jeito que eu me inclino. Mas quando não foi mais possível manter uma conversa normal, racional, linear com ele, e embora no início constatar essa impossibilidade me impedisse de falar com ele sem um nó na garganta, conseguindo apenas balbuciar, logo vi que a comunicação essencial, a verdadeira troca, não morava nas palavras, no diálogo, mas em outra coisa. Do lado dessa *outra coisa* está a minha voz. A comunicação mudou, renasceu nos silêncios prolongados, nos diálogos impossíveis, impossíveis, impossíveis, a presença transformou mais que o zumbido agradável das abelhas, as formas mais que as letras, sentimentos sem nome imediato mas com futuro — e passado —, e mais reais que uma ideia branca e saudável, que uma frase com verbos e atributos corretos, totalizantes. A música, o toque, o humor mudo. Essas foram e são as verdadeiras trocas, o fio do meu amor e da minha escrita. As palavras são secundárias porque são apenas úteis, não necessárias. Matizam o que nasce, mas não dão à luz. Nós damos à luz, você, e eu, e o que nasce é novo a cada dia, e ainda não consigo nomeá-lo.

Assim, dessa forma, nosso balbuciar lento e absurdo continuou. Aquele dia, com Bertrand, e anos depois, com meu pai. Digo *balbuciar* para não dizer conversa, ou diálogo; um diálogo pressupõe um objetivo, significados compreendidos e acordados por ambas as partes. O balbuciar é algo superior, liberado e imparcial.

— Eu te mostraria a escultura... — sussurrou Bertrand.

Ele continuava recostado na poltrona, braços e pernas inertes. A calça branca estava apertada na virilha: além de ouvir suas palavras tolas, fiquei aliviada ao reconhecer formas masculinas em sua calça. Atributos salientes: sob a roupa de modelo sueco não havia um manequim assexuado.

— Vou te mostrar a escultura. Mas nem assim você vai conseguir vê-la. A menos que você tivesse um espelho. A minha mulher vê, mas eu vim com Andrew e Sonya, ela ficou em Londres, e a escultura...

Não eram nem dez da manhã. Mas novamente suavizaram a iluminação da sala. E em mim também havia ocaso, noite, fim. No mínimo, repetição.

— Andrew e Sonya são seus pais?

Eu não sabia a qual das partes desconexas de sua frase me referir, então disse isso. Ele pareceu confuso com a minha pergunta, mas acabou assentindo e meneando a cabeça com uma energia estranha e crescente. Por que eu tinha começada a lhe dar corda? A humanidade que ele aparentava sedado estava desaparecendo agora que seus olhos voltavam a vasculhar os meus, minhas mãos, nossos assentos, o salão que se enchia de pernas e braços e cabeças penteadas conforme os minutos ou, sei lá, as horas, avançavam. Apesar do meu desejo de me aproximar dele, de questionar sua nova aparência, não queria ser a causa de um terceiro colapso de Bertrand Kopp: freei meu interrogatório cauteloso, o balbuciar feliz.

No começo eu estava imersa demais no que acontecia dentro de Bertrand — dentro de mim — para reconhecê-lo: mas fomos abordados por outro garçom, o mesmo do restaurante do nosso hotel. Ele sim olhou para Bertrand, falou com ele, nos reconheceu como acompanhantes dos senhores Kopp. Perguntou a nós dois se gostaríamos de mais uma bebida. Contudo, dirigia-se a mim com mais atenção do que a ele, como se fosse eu a adulta, eu a responsável, eu a mãe. Seus olhos castanhos estavam concentrados e desconcertados, e as sobrancelhas rígidas. Aquele garoto tinha testemunhado a cena ridícula durante o café da manhã, no hotel, e certamente estava se perguntando quem ele e eu éramos para além de companheiros casuais, por que estávamos juntos novamente depois da *confusão,* onde estavam os Kopp, ou como tudo tinha sido remediado. São perguntas que eu também me fazia e me faço, mas que vi pela primeira vez no rosto dele. Rejeitei a tentadora ideia de abandonar Bertrand e conversar, até mesmo flertar, com o garçom do hotel, assim que ela me ocorreu. Apenas me levantei do braço do sofá para pegar a cava gelada. Antes de me sentar novamente, perguntei o que ele estava fazendo ali, que coincidência.

— Este é o segundo ano que estou no cerimonial dos Prêmios. Quase todos os convidados se hospedam no hotel, como vocês.

Ele parecia ter algo mais a dizer, a me dizer, mas voltei para meu lugar como se um ímã me unisse a Bertrand. Bertrand sorriu para mim pela segunda vez: em seu delírio imaginou alguma coisa que o levou a me olhar com alegria equivocada. E, pela segunda vez naquele dia, ele me pareceu belo, belo como um anjo sem fala e sem ressentimento. Bertrand era belo, ou assim me parecia dependendo do momento, da luz, do lugar, do seu nível de medicação, da própria maneira como agora penso em sua presença e sua influência sobre mim, influenciada ao mesmo tempo pelo efeito da minha companhia sobre ele?

Assim que o garoto do cerimonial viu que eu permanecia com Bertrand, como se fosse meu filho ou meu pai, saiu em direção a outros grupos no lobby; embora ele olhasse repetidamente para trás, e eu continuasse a notar seu olhar questionador, atrevido, toda vez que as massas humanas e movediças não nos separavam, girando em um salão cada vez mais abarrotado. Meu pai estava certo em dizer que nos bailes sociais todos olham, mas ninguém se dá conta: justamente por haver tanta gente, tantos estímulos e palavras, ninguém percebia o estado tão estranho — o *ser* tão estranho — que permanecia prostrado no meio da sala.

Entre os convidados, não reconheci ninguém. E tentei localizar meu pai, ou Sonya, ou Andrew ao menos. Mas não apenas eles estavam escondidos: quando voltei minha atenção para a poltrona onde Bertrand estivera quieto, sossegado, não havia mais ninguém lá.

Não sei quantos anos regredi naquele momento. Não sei o quanto apertei os meus passos. Era impossível, até mesmo na lógica difusa dos meus dias com os Kopp, que Bertrand tivesse desaparecido, evaporando-se em vez de mudando de lugar, de coordenada. Me enfiei e deslizei por entre peles humanas, perfumes decrépitos, membros descobertos e gelados. Lá fora, o frio só aumentava, e quem entrava devia sentir a mudança de temperatura como um abrigo inesperado. Alívio, suor. Os garçons conseguiam se espremer entre os grupos fechados, herméticos, sem sequer interromper as conversas. Eu, com minha pressa, cortava os grupos ao meio. Mesmo nessa época, eu ignorava que isso não iria acabar bem, e mesmo assim me levantei e procurei por Bertrand como faria em uma circunstância qualquer. Como se tivesse perdido um amigo no pátio do colégio, ou procurasse minha mãe na casa errada e, ao entrar pela porta aberta me dissessem: *Você outra vez?* A porta estava sempre aberta, e era sempre proibido entrar.

    Se eu fechar os olhos e evocar aquele momento, não posso dizer que me senti sozinha, mas a verdade é que eu estava. Me parece impossível encontrar, ou mesmo procurar, alguém que desminta esta certeza, o ser evasivo, escorregadio, de silhueta borrada e coração tão manchado quanto a solidão que ilumino e escondo ao mesmo tempo. Entre tantas criaturas com corpos e rostos piedosos, e casacos e sapatos de animal sem escrúpulos, eu sempre procurei um único ser, ainda que tivesse nomes diferentes e, desta vez, como por acaso, se chamasse Bertrand Kopp.

    Olhei para o teto. Que estranho vê-lo deserto. Ninguém o pisava, apenas os pesados lustres pendiam dele. Ninguém caía nele, ninguém derramava sua bebida por falta de equilíbrio, ninguém cavava um buraco para pular acreditando ver um abismo real. E havia um ser nas alturas. Lá em cima, num segundo andar com vista para o lobby suarento, Bertrand jazia encurvado, apoiado no corrimão, sua cabeça de boneco quase roçando o teto. Foi a primeira e última vez que o vi sem que ele me visse, sem que seu comportamento se visse afetado, ou predeterminado, pela minha presença ou a dos Kopp. Aperto a memória, espremo a lembrança: em que outro momento vi Bertrand sozinho, sem os Kopp por perto? Nunca antes, e nunca depois. E tudo acabaria assim, com essa visão — as aparências também acabam assim, a doença também irrompe assim —, exceto porque o olhar de Bertrand me encontrou. Através de sua cegueira, ele me viu. Ele seguiu meus movimentos erráticos sem pestanejar, eu o cumprimentei lá de baixo e ele retribuiu a saudação com suas sobrancelhas loiras, sua testa de centauro. Por um lado, queria vê-lo outra vez como alguém solitário, distante, intocável; por outro, queria me juntar a ele, não o deixar escapar, protegê-lo de alguma coisa: nos proteger mutuamente de nossa submissão.

Quando decidi subir, uma mão fria e firme pousou nas minhas costas: não era meu pai, como eu gostaria, e algo que também teria resolvido toda esta história, detido minha subida, a ascensão que era minha queda final. O garçom do hotel, de novo. Em seu uniforme azul-marinho. Ele queria me dizer alguma coisa, mas não consegui ouvi-lo e ele retirou a mão das minhas costas. Perguntou como eu estava, disse que parecia — não escutei o que parecia — e eu já estava escapando. Eu estava prestes a subir a escada caracol, mas então ele segurou a minha mão.

— Virginia.

— É o meu nome — disse, ou perguntei, não sei por quê. Eu mastigava as minhas próprias palavras, espessas, minhas ideias lentas. A percepção, penso, intacta. A expressão, atrofiada.

Em menos de um segundo o garoto observou meu vestido, meus ombros, minhas pernas, com a dissimulação típica de quem grava uma imagem na mente para se deleitar com ela depois, sozinho, sem você. Ele também demorou um pouco a responder, talvez infectado pela minha lentidão. Tateando, ele disse:

— Eu... ouvi ontem à noite. Enquanto o filho dos senhores Kopp... Não, primeiro ouvi o seu pai te chamando. Fui eu que bati na porta do seu quarto ontem à noite, depois de te ver no café-almoço. Queria verificar se você..., com a desculpa de dar a você e seu pai o horário da cerimônia de hoje, e o endereço do teatro. Seu pai abriu, eu não te vi e no começo me assustei, mas logo que me inclinei um pouco vi umas mãos relaxadas, penduradas ao pé da cama. Fui eu que bati na porta, queria verificar se você estava lá, ou se estava bem.

— Sim — disse, lembrando da cena que ele descrevia. Sua boca relaxou, ele falou de outro jeito:

— Sinceramente, a imagem das mãos mortas, e no lugar onde os pés costumam ficar, foi um pouco estranha, mas você devia estar ao contrário. Fiquei aliviado ao ouvir, depois que seu pai me agradeceu, ele se dirigir a você. Ele disse *Virginia*. Por isso... imagino que esse é o seu nome.

Pelo jeito como ele piscou, eu soube, mesmo então, que ele não tinha dito o que queria dizer. Que, como o resto de nós, ele usava as palavras mais para esconder que revelar. Eu conhecia bem aquela dificuldade, e não estava interessada em me aprofundar mais nela. Olhei o balcão do segundo andar. Bertrand ainda estava lá. Voltei a mim. O garoto do hotel também continuava comigo.

— O que você disse antes? Sobre ontem à noite.

Antes de me responder ele me encarou, como se duvidasse do meu nível de atenção, de que a minha pergunta fosse genuína.

— Eu disse que o filho dos senhores Kopp... Ontem à noite não nos deixaram usar o porão do hotel, nos expulsaram quando estávamos ensaiando o protocolo de hoje para a cerimônia. E eu o ouvi, num dado momento, dizer o seu nome. *Virginia*. Os senhores Kopp desceram com todos os utensílios do filho, não sei exatamente o que eram. Tudo parecia pesado: materiais pesados, objetos ou algum tipo de ferramenta. Eles... — ele conferiu novamente se eu estava prestando atenção —, eles estavam discutindo, mas ficaram um bom tempo com o filho lá embaixo. Pediram para eu levar um copo d'água para ele. A mulher me interceptou na escada, pegou o copo e não consegui ver mais nada. Voltei para cima e comentei sobre a cena com meus colegas, mas ninguém queria saber de nada.

— Bom — eu o interrompi. Eu também não queria saber de nada. Ele estava se estendendo e eu precisava seguir meu caminho. — Não sei o que eles estavam fazendo, os Kopp e seu filho. E eu e meu pai estávamos tranquilos no quarto, sim.

Meus olhos devem ter mudado de expressão, minha mandíbula, endurecido. O garoto me olhou com uma incompreensão triste, ou assustado, e não aguentei mais.

— Eu não estava espiando, Virginia, se é isso... Porque eu ouvi no seu quarto... Você está bem? — ele disse, como se essa última pergunta fosse a única coisa importante, o caminho mais rápido. Olhei para as escadas, tentando calcular quantos degraus havia. — Voltei ao porão depois de um tempo para apagar as luzes. Não havia mais ninguém.

Se reproduzo essa conversa, em vez de escondê-la, é porque mesmo naquele momento tive consciência de que ninguém havia me feito essa pergunta, nem eu mesma. Mas eu não me entrego ao que é bom, melhor, desejável, se não me parece conhecido, se não tem um ar familiar. Rejeitei suas palavras generosas, me agarrei às minhas, como se eu fosse idêntica à minha aparência: forte, alegre, inteira. Como se fosse uma ofensa, uma aberração, adivinhar que eu não era o que parecia ser e que, de alguma forma, operavam em mim forças impostas, superiores. Eu não tinha o direito de duvidar ou sofrer, apenas de reafirmar aos que duvidam e curar os que sofrem. Respondi de maneira incisiva, cruel, saboreando a injustiça: eu estava muito bem.

Subi a escada, finalmente. Devagar. Senti uma leve tontura, não totalmente desagradável, as incontáveis taças ingeridas. Isso me afastava ainda mais de mim mesma e não opus resistência. A cada segundo eu caía mais no meu papel; a assertividade, a solenidade, a parcimônia — meus novos atributos — cresciam em mim como pernas e braços. Os órgãos se agarravam uns aos outros, queriam conversar e se despedaçar, lutar ao mesmo tempo que tapavam a boca para não emitir nenhum som durante a batalha. Só então, no controle supremo de mim mesma, consegui me agarrar ao corrimão, subir a escada sem tropeçar. O barulho de fundo silenciava os saltos batendo contra cada degrau, mas eu os ouvia como um estrondo doloroso, merecido. Cheguei ao topo, tonta ou não, sozinha ou acompanhada, não importava: não importava porque ninguém olharia, ou escutaria, não só naquelas circunstâncias, mas mesmo que as circunstâncias fossem diferentes.

VI

Passou-se outro colossal período de tempo. Mas eu estava em cima. Assim como na nossa travessia do auditório até o lobby, cada cena parecia autônoma, pertencia a um tempo e um espaço novos, desconexos. Naquele edifício, como no meu próprio corpo, cada aposento era dissociado do anterior, incomunicável. E não me pertenciam, meus aposentos. Pertenciam aos desejos de outro, os do arquiteto e construtor, que decidiu me confundir, me cegar para ser sua marionete, sua atriz. Por isso não posso escrever a verdade: porque em parte sou a voz, o apetite, as ordens dele.

E por isso, de vez em quando, abro um capítulo. Embora deteste escrever muito, aumentar a extensão do que é contado. Mesmo que eu não relate um tempo, alguns dias, ou um lugar diferente. Ainda estávamos no teatro, na cidade do norte, em fevereiro. Mas sempre havia em mim outros seres e lugares e tempos, e eles ditavam, não eu, o que iria acontecer. Por isso abro capítulo: obedeço.

Meu novo palco era uma galeria quadrada, não um segundo andar com acesso a salas e outros ambientes. À minha direita, uma placa com bonecos redondos indicava os banheiros. A iluminação era mais fraca que no lobby, apesar de estarmos quase na altura dos candelabros. Se, da galeria, eu esticasse o braço, poderia tocar os lustres transparentes, titilantes. Assim como eu soube no primeiro dia que, se esticasse o tronco para fora da janela do hotel, alcançaria meu objetivo, mas que, ao mesmo tempo, me colocaria em risco mortal. Deslocaria o meu peso para frente e meus pés se soltariam do chão.

Agarrei o corrimão. Esqueci. Assim, tendo esquecido, repeti. Bertrand estava no canto oposto a mim, continuava com o olhar perdido entre os recém-chegados, o baile de garçons, os Kopp, minúsculos daqui de cima, élficos, seus amigos e seus desconhecidos. Bertrand não parecia procurar ninguém em particular.

— B.

Fui até ele silenciosamente, em vez de com os meus habituais passos barulhentos, não queria assustá-lo, ou talvez aquele jeito de andar fosse simplesmente o refinamento final da minha aparência: ser um fantasma. Sim. Tinha medo de que ele fugisse caso ouvisse eu me aproximar, emboscando-o a passo de gente, de salto alto, e não de espírito silencioso. Também queria que sua intimidade durasse o máximo possível: por isso desacelerei, silenciei a minha aparição, por mais que desejasse estragar violentamente sua solidão, invadi-lo.

— Você me deixou preocupada — menti. — Todos nós — justifiquei-me. — Não sabíamos onde você estava.

Ele me entregou seus olhos e não vi surpresa neles. Já não via claramente o louco, o deficiente, o perturbado, mas sim alguém idêntico a mim, com desejos e confusões, mas sem capacidade de se expressar adequadamente ou de agir por conta própria: nossas vidas, e nossas razões para essa impossibilidade, podiam ser distintas, de graus distintos, mas isso não importava. Agradeci, em parte, ao Orfidal: aquele contato com ele era muito diferente de sua verborragia descontrolada e salivante. A quietude do outro, sua morte, nos permite repensar, perdoá-lo. O movimento, sua vida, não.

— Não estou encontrando a minha mãe — disse ele com um modo gutural, uma espécie de guincho agudo. Ele era um homem de quase quarenta anos, com voz de adulto e fisicamente capaz, que agora soava como uma criança de cinco.

— Vamos procurá-la.

Ele não respondeu. Acrescentei:

— Ou talvez seja melhor nós ficarmos aqui em cima até a cerimônia começar. Eu te levo. Vamos juntos.

Ele não aceitou nem recusou minha proposta. Não reclamou. E não tenho como saber até que ponto me ouviu. Ele manteve o olhar fixo no lobby mas não parecia estar procurando desesperadamente por Sonya, a julgar pela calma em seus olhos, seus músculos faciais em paz.

— Não — disse ele. — Daqui vejo todas as esculturas.

— Que esculturas?

— Mas não me deixam tocá-las.

Eis aqui a lógica do novo estado de Bertrand. Antes havia consistido em frases complexas, frenéticas, cujos elementos eram corretos *em si mesmos*, mas, em relação às outras partes da frase, absurdos. Agora Bertrand não respondia às perguntas mas oferecia como resposta *retomar o fio de sua frase anterior à pergunta*. Descartei a possibilidade de um diálogo, mais uma vez — com que facilidade, com que estupidez voltamos à fala humana, falsa e acolhedora —, e me entreguei a seu tipo de relação. Meu papel era insignificante, mas eu começava a me sentir melhor do que lá embaixo, em meio ao burburinho anônimo, aos cacarejos, às conversas surdas e interessantes. Não sei que proteção ou companhia Bertrand me proporcionava, pensava que era eu quem estava cuidando dele, mas meus joelhos, meus cotovelos ativados por fios invisíveis se mantinham próximos ao seu corpo e a ideia de deixá-lo sozinho — de *ficar sozinha* — me dava um aperto no peito. A mesma sensação de vertigem diante da janela do hotel. Diante do corrimão, hoje.

   Observei o andar de baixo. Não havia um único centímetro isento de cabeças ovais, carecas, algumas avermelhadas, mas majoritariamente grisalhas. À exceção de um pequeno busto de mármore, no canto oposto ao piano. Nele se apoiava uma mulher com uma bela crise de riso. Não localizei nenhuma outra *escultura* em toda a área. Havia apenas móveis, tapetes, luzes, espelhos; pessoas e seus reflexos. Que esculturas?

— Todas, veja — disse Bertrand. — Todas as esculturas são efêmeras. — Ele fez uma pausa consciente, mas não artificial. E, sem mudar o registro oracular, acrescentou: — Vou encontrar Sonya. E os outros.

Pela primeira vez ele estava dizendo algo sensato, apropriado. E de repente era eu quem se recusava a admiti-lo no outro mundo, o nosso, que era apenas parcialmente meu. Queria nos manter aqui, em sua esfera, impenetrável para os outros: inclusive para mim, mas eu não me importava em não o entender desde que ele não me deixasse sozinha, repito, não me devolvesse à vida, ao tempo e ao espaço anteriores. Do que eu tinha tanto medo? Peguei sua mão: estava ardendo de quente, ou talvez fosse a minha própria temperatura que sua pele, ao tocá-la, me devolveu. Mas nem seu braço membranoso nem seu calor eram os de um autômato, ou de uma estátua, e sim os de um animal vivo, recém-nascido, recém-saído do ovo. Meu peito voltou a vibrar, agora sem vertigem ou ansiedade ou medo: era fascinante que aquele ser selvagem pudesse se expressar humanamente e, ao mesmo tempo, não abandonar suas visões de robô quebrado. *As esculturas são efêmeras?* Essa frase também ficou comigo. Na época ela me impressionou, embora apenas com o tempo eu tenha alcançado o seu significado.

Antes de conhecer Bertrand eu não teria dito assim. Mas sempre que terminava uma história e me dispunha a revisá-la, eu a concebia como uma escultura: embora o material estivesse todo ali, mais ou menos com começo e fim, seu interesse não era certo até que tivesse a solidez, o peso, a medida exata de uma rocha cujos contornos foram cuidadosamente polidos, mediante dúvidas e certezas, durante anos, e que permanece como um edifício e uma presença dolorosa, não retorna à natureza cega e feliz. Precisamente, as esculturas *não* são efêmeras: o que é gravado, recriado, está aqui para ficar e resistir. Para alertar, nem sempre orientar, mas sempre aliviar a solidão. Ou era isso que eu pensava então. Então notei como sua mão estava tremendo dentro da minha — a minha, de repente, cobriu com força seu punho cerrado — do mesmo modo impessoal, involuntário, do dia em que tomamos café da manhã no hotel. Agora, no entanto, ele tentava conter seu tremor.

— Nunca me deixam tocá-las, as esculturas.

À essa altura eu já estava convencida — e meu pai havia confirmado isso no dia anterior — de que sua identidade de artista era uma farsa. Mas entrei no jogo sem esforço, pelo contrário, com avidez. Respondi que se ele *realmente* era escultor tinha obrigatoriamente que tocar seu material, e que ninguém poderia impedi-lo: que, além disso, ele não deveria deixar que ninguém o tutelasse ou monitorasse. As esculturas existiam graças a ele. Não inventei nada disso: acreditava nisso apesar de estar mentindo. Seus olhos tilintavam como os cristais dos lustres e compartilhei a dor que nem sei se ele sentia, mas que experimentei como se meu corpo fosse dele, seu tremor e incapacidade, meus. Peguei sua outra mão, juntei as duas como se o ensinasse a rezar, seus dedos se entrelaçaram e eu os abracei com os meus, ainda mais crédulos. Eu os acariciei e apertei do modo mais maternal que pude inventar para mim. Havia um banco acolchoado a poucos metros de nós, o único assento naquela galeria desabitada. Conduzi-o até lá, ele me seguiu sem dizer nada, sentei-o como se fosse um brinquedo com o dobro do meu tamanho. O que quer que acontecesse lá embaixo, que durante dias eu imaginara com impaciência, com curiosidade, não me importava. Tampouco meu pai e os Kopp. Meu dever era preservar, devolver a Bertrand a calma induzida pelo Orfidal, garantir que ele não tivesse nenhum surto estranho. Amá-lo e que ele soubesse disso. Senti essa obrigação com uma urgência incômoda e agradável ao mesmo tempo, como se fosse uma missão divina, um milagre que buscava um corpo para existir, e o diretor daquela peça tivesse me escolhido, pela primeira vez e para a última cena, como protagonista. Eu o amava tanto que também senti frustração, raiva, de que a minha presença não o apaziguasse imediatamente, eu, que era sua mãe, sua filha, sua amiga.

E então aconteceu. O milagre, digo.

Quando eu me recordo, a lembrança está no meu pescoço: suas mãos enormes e vigorosas apertando-o como se quisesse agarrar a veia mais profunda, mais distante da pele, deformar a minha nuca para os anos de vida que me restavam. Seu rosto desfigurado por algo interior. Sua força me atraindo para ele sem palavras, com o mesmo êxtase alegre com que no dia anterior ele tinha aprisionado os meus dedos em cima da mesa, antes que sua mãe o levasse, envergonhada ela e envergonhado ele, e eu não os visse mais até a manhã seguinte. Tinha agonizado, eu, durante aquela espera. Mesmo agora, meus olhos secos ainda buscavam os dele, úmidos, meus dentes quadrados não afastavam, nem atacavam, seus dentes redondos que esmagavam partes erradas do meu rosto. Não sei quanto tempo ficamos assim, mas sempre me agarrei à crença de que ele tinha se enganado, de que não era ele quem operava seu corpo, que o verdadeiro não era equivalente ao real. As coisas que ele dizia, dizia alto demais, e novamente pareciam as frases malucas do primeiro dia, na rua, entre carro e carro, onde o resgatei pela primeira vez antes de odiá-lo e depois amá-lo. Minha memória falha nesse ponto. Ou, pelo contrário, me protege dos detalhes cruciais. Não guardo suas palavras daqueles instantes, como me lembro das do primeiro dia. Sei que eu disse o nome dele, tentei escapar murmurando alguma coisa, mas minha voz não alcançou nenhum receptor porque estava afogada em sua própria boca, parecia bebê-la ou aspirá-la com grande apetite. Minha voz desapareceu, junto a todo o resto, meus olhos, meus dedos, meu tronco e meus quadris. E quando pensei que ele tinha me engolido inteira, precisei apenas concentrar todas as minhas forças para afastá-lo, vomitá-lo de mim com uma cabeçada equina, um movimento desajeitado e ridículo se alguém estivesse nos vendo como eu nos vejo hoje, mas que, pela raiva e pela devoção que ardiam em mim, me encorajou a bater de novo na cara dele, na altura dos dentes infantis, horríveis, depois no queixo encolhido e redondo, tudo o que havia de bonito nele. Sei que não o machuquei, sei que ele era de borracha.

Virginia. Ouvir meu nome àquela altura do canibalismo não significava nada. Nós não temos nome, ainda que nos deem um e não o rejeitemos. Mas a voz de meu pai era inconfundível, eu a reconheci e recuei na direção dela. Mais reconhecíveis ainda foram os passos e a respiração agitada de Sonya, que disse algo vago mas sem dúvida alguma aborrecido. Ela estava falando comigo, embora bradasse em inglês e não em espanhol, e olhava para mim com uma cara mais assustada do que furiosa. Não sei qual era a minha aparência, qual seria a dele. Ela me afastou de Bertrand com as duas mãos e segurou o rosto dele. Dirigiu-se a ele com um tom diferente, de repente pacífico, profissional.

— B., está doendo? Fala comigo, é a mamãe.

Meu pai e eu nos entreolhamos. Não havia destroços no rosto de Bertrand, apenas uma bochecha levemente rosada, um pequeno arranhão. Foi então, ao caçar meu olhar por cima do ombro protetor de sua mãe, que Bertrand disse:

— Não, mãe. Faz parte do... do meu show.

Seus olhos já estavam secos. Os meus, ao contrário, começavam a se encher de lágrimas que lutei para manter na fonte, para não entregar à gravidade. Sonya se virou para mim depois de ouvir aquilo, acho que nem ela sabia interpretar as palavras do filho, mas também não o ouviu, ela tinha decidido há tempos que a culpa era sempre dos outros, de tudo, sempre, para além de Bertrand e do norte e de fevereiro. Sonya, eu sabia, não estava reagindo com raiva por minha causa, não estava irritada comigo, mas sim com sua própria incapacidade de controlar Bertrand, ou sua própria impotência: a impossibilidade de cuidar e protegê-lo estando sozinha — Andrew, é claro, continuava no andar de baixo, tagarelando com a mulher da crise de riso —, sozinha diante daquela situação, repetidamente. Era a *terceira* vez, em um só fim de semana, que Sonya tinha que enfrentar algo semelhante da parte de Bertrand. E, como em qualquer situação-limite, o fato de se repetir perpetuamente não nos torna mais habilidosos: estamos tão sozinhos e atordoados quanto da vez anterior. Talvez menos atordoados, mas sempre igualmente sozinhos.

— Eu estava falando das minhas esculturas com a filha de Juan. Segurei as mãos dela para mostrá-las com antecedência e caí quando...

— Você está bêbada, não é? — me disse Sonya em espanhol, interrompendo a farsa, o teatro, a ridícula ideia de Bertrand. — Quantos anos você tem? Não está ciente...? Não percebe que B. precisava ficar calmo para a cerimônia? E quer me dizer que transparências são essas? — Ela apontou o dedo indicador, rígido, para as minhas coxas. — Estamos em um evento formal, faça o favor de se comportar e de não criar problemas que nós adultos teremos de resolver.

A resposta que me ocorre agora é que os adultos, precisamente eles, tinham deixado Bertrand sem supervisão, que eu não tinha culpa de ser tão infantil e impulsiva quanto ele; que, além disso, Bertrand era o adulto, não eu; que ninguém tinha me dito que ele realmente era retardado e realmente agressivo, apenas um artista; que era tarde demais, a magia não se rebobina. Eu não disse nada, obviamente. Internalizei parcialmente aquela culpa, era algo a que estava acostumada, e as palavras de Sonya não foram difíceis nem me machucaram. Não me machucaram porque eu sabia que nem mesmo ela acreditava naquela lição de comportamento. Bertrand, que tinha ouvido palavra por palavra, repetiu que era "uma parte inevitável da apresentação". Ninguém lhe deu atenção. Por que Bertrand quis me desculpar, e como era possível que, apesar de sua suprema falta de jeito, ele percebesse a complexidade da situação? Talvez ele soubesse ser, outra vez, artífice e vítima de seu próprio acidente; criminoso e injustiçado. Meu pai continuou sem dizer nada, mas fingindo cara de cerimônia, de preocupação, que não me parece falsa, mas tampouco honesta. Meu pai, como eu já disse, era meio covarde: não desvendava a realidade quando isso lhe trazia consequências indesejadas. Ele nem sequer estava totalmente com nós três, no segundo andar: tinha os dois pés no último degrau, preparado para descer assim que fosse possível, juntar-se a Andrew, abrigar-se em uma crise de riso.

Escada caracol, candelabros que pareciam aranhas, tapetes de búfalo, saltos e botas de pele de cobra, grunhidos de urso em Sonya e lágrimas de crocodilo em mim, ou antes em Bertrand, não sei em quem.

A crise familiar dos Kopp — estas ocorrem, me parece, quando alguém de fora se infiltra na máfia articulada que cada família é — foi interrompida por outra crise, a institucional.

Enquanto nos levavam de volta para o lobby, como dois filhos travessos e indisciplinados, meu pai sussurrou para mim que a "brincadeira" de Andrew com os reis não tinha saído como o planejado. Fiquei triste por ele não mencionar o ocorrido, por não reagir com justiça ou compreensão, qualquer uma das duas teria servido, por não me abraçar com seus braços finos e me puxar para ele, e porque, quando ele me abraçou, o fez de um jeito infantiloide; que, como de costume, mencionasse algo *não* relacionado ao dano, ao complicado, mas sim ao *curioso*, ao *inteligente*, ao *divertido*, para me fazer esquecer, mas sobretudo para disfarçar sua própria inépcia frente ao confuso, ao complexo. Concordei com o esquecimento, como sempre, e disse, já sorrindo:

— Uau, que surpresa.

Que surpresa, sim, que a palhaçada de Andrew não tivesse saído exatamente como o planejado.

Para além disso, a verdade é que meus dias com os Kopp foram o tipo de período que parece, antes de ser contado, como uma apresentação teatral, como uma espécie de piada aceita ou mentira celebrada, sem futuro nem passado, sem consequências imediatas, com cenas, cenário, figurino, roteiro apenas.

Talvez por isso eu me deleite tanto neles, os Kopp, eles pertencem mais ao aqui do que ao lá, do que ao real inalterado. E, como venho dizendo, não quero falar da realidade porque seria fingir que me importo com ela, que não a traio quando tenho oportunidade, que não nasci e cresci mentindo. O brilho ainda amigável nos olhos de Bertrand foi, é, a minha oportunidade. Minha memória imprecisa, distorcida pelo constrangimento, também.

Não restava ninguém no lobby do teatro. Pessoas avulsas se encaminhavam para o interior do auditório através de imensas portas cor de cobre, de aparência pesada. Não sei como passamos pelas portas, quem foi capaz de enfrentá-las, certamente

Andrew. Uma vez dentro, a desordem era insólita mas previsível, o fracasso do cerimonial também: uma discussão notória na primeira fila de poltronas agitava a atmosfera já barulhenta, e fazia o restante da plateia que ocupava seus lugares cochichar. Uma voz autoritária dava uma bronca em um grupo de garotos e garotas: os garçons, os lanterninhas. Não estávamos longe do conflito, e reconheci o rostinho bonito do garçom do nosso hotel. Sonya desabafou com nós três — com Bertrand, meu pai e eu:

— Andrew... Andrew culpou o cerimonial pelo atraso e confusão causados por sua infeliz ideia dos assentos. Juan, desculpe. Vou atrás de Andrew, que nos entreguem o prêmio e tudo isso acabe de uma bendita vez. Me desculpe por ter feito você vir de Madri. Vocês não deviam ter vindo. Belo espetáculo.

Meu pai não se atreveu a dizer nada e eu sabia que ele tinha se divertido, que não esperava nenhum pedido de desculpas de Sonya, embora, como eu, pudesse imaginar, e fingir compartilhar os desconfortos que transbordavam dela naquele momento: Sonya mãe, Sonya esposa, Sonya médica, Sonya mulher, Sonya ser, Sonya selvagem, Sonya. De volta a Madri, ele e eu recordaríamos aqueles dias com o carinho e a indiferença dos seres felizes: por isso meu pai não abriu a boca e se limitou a aceitar, com lábios dóceis, as desculpas de Sonya, era o mínimo que podia fazer por ela.

Ela partiu para a primeira fila atrás do marido para "acabar com tudo de uma bendita vez", uma expressão curiosa na boca de Sonya, que a tinha usado mais de uma vez, como se aquele tom castiço e direto não existisse na Inglaterra, e ela pretendesse exportá-lo porque expressava algo crucial sobre si mesma — seu desdém por tudo e por todos — com uma precisão espantosa.

E quando *tudo* parecia acabar *de uma bendita vez* havia uma pergunta, uma única, que habitava aquele momento: por que Sonya não tinha protestado antes, ao deixar nossas coisas nos lugares dos reis, se estava tão incomodada agora com o comportamento impulsivo, caprichoso, de Andrew? Somente agora, pela primeira vez, ela tinha reagido sem fingir autocontrole frente à nova *performance* de seu filho Bertrand e, ato contínuo, à de seu marido. Encontro a resposta tempos depois, quando a pergunta já morreu até renascer: Sonya estava tentando manter sua família unida, ao menos nas aparências, e principalmente para si mesma. Ela tinha tido a estranha sorte daqueles dois homens: Andrew e Bertrand. Por isso seus cabelos estavam completamente brancos, e tinha uma entrada incipiente que ela disfarçava quase perfeitamente. Lutava contra sua solidão ao mesmo tempo que se afundava nela permanecendo ao lado dos dois, sempre em cena, controlando e transigindo a ação.

Ela resgatou Andrew e trouxe todas as nossas coisas, ou melhor, algumas: nunca recuperei minha bolsa azul e amarela da qual tanto gostava e que tinha sido um presente de minha mãe. E não vi os reis a não ser de longe: eles se acomodaram em seus lugares, liberados de intrusos brincalhões e importantes.

O rosto de Andrew, quando Sonya o trouxe pelos cabelos, esbanjava satisfação acanhada: não tão acanhada se eu, ainda em minha nuvem de constrangimento e interpretação, conseguia percebê-la.

Bertrand. Bertrand foi colocado, quando finalmente nos sentamos, no extremo oposto a mim. E restava uma anomalia a ser revelada, a arrebatar o estrelato da reconciliação do compreendido, do consumado. Quando as luzes do teatro se apagaram e a grossa cortina magenta, cor de coágulo, se abriu, aquele vulto triangular que eu tinha vislumbrado horas antes ainda estava lá, ocupando o centro do palco. A capa de franjas que antes o cobria, no entanto, agora jazia no chão, e pude ver o que ela escondia: duas mãos alongadas, esculpidas em mármore branco, com os dedos entrelaçados. Não eram duas mãos idênticas. Uma era a réplica perfeita da minha mão direita — minhas unhas, os nós dos meus dedos —, mas a segunda, não. Ambas brotavam da mesma massa amorfa, e uma das mãos subjugava a outra. Isso era fácil de perceber, mas era difícil saber, devido à tensão constante dos dois polegares, qual mão estava subjugando e qual se permitia ser subjugada. Ouvi Bertrand me explicar que ele tinha levado a noite toda para modelar a escultura: mas isso era impossível porque ele estava sentado longe demais tanto para se dirigir a mim, quanto para que eu ouvisse suas palavras com a nitidez que imagino e reproduzo agora. E além disso era absurdo que alguém tivesse encomendado uma escultura a Bertrand para a ocasião. Ou não? Quando olhei novamente para o palco, as mãos de mármore tinham evaporado, alguém surgiu com um microfone, todos aplaudiram, houve até gritos tímidos de comemoração. *As esculturas são efêmeras*, sim, porque se revelam o real só existem por um instante, desaparecem num piscar de olhos. Os rostos dos Kopp, como os de Bertrand e meu pai, eram iluminados pelos holofotes laranja que vinham do palco. Meu pai me estendeu a mão, que de nada podia me proteger. Eu procurei a de Sonya, apenas com os olhos, e ela a entregou a mim sem movê-la, em silêncio, apenas com os olhos.

FONTES
Fakt e Heldane Text

PAPEL
Avena

IMPRESSÃO
Lis Gráfica